Originaltitel: *Døden er et kjærtegn* © Arve Moen
First published by H. Aschehoug & Co. (W. Nygaard) AS, 1948
Published in agreement with Oslo Literary Agency

Die Veröffentlichung dieser Übersetzung wurde ermöglicht durch die
finanzielle Unterstützung von NORLA, Norwegian Literature Abroad.

SEPTIME
suspense

Nachwort auf Seite 147 © Helene Flood
Aus dem Norwegischen von Bernhard Strobel

Lektorat: Teresa Profanter
Umschlag und Satz: Jürgen Schütz
Umschlagbild: © i-stock
Druck und Bindung: Florjančič tisk d.o.o.
Printed in the EU

ISBN: 978-3-99120-025-3
www.septime-verlag.at
www.facebook.com/septimeverlag | www.twitter.com/septimeverlag

Arve Moen

Der Tod ist eine Liebkosung

Roman

Aus dem Norwegischen von Bernhard Strobel

Ich sehe jetzt alles klarer. Es klingt nicht mehr eigenartig, wenn ich mir sage, dass ich sie liebe, aber ich bereue nichts.

Ich bin zu dem Glauben gelangt, dass wir Menschen unserem vorgegebenen Weg folgen müssen. Nicht insofern, als ich glaube, unsere Taten wären vorherbestimmt, aber all unsere Erlebnisse und alle Erfahrungen, die wir im Leben machen, werden zu kleinen sichtbaren und unsichtbaren Ursachen, die unser Tun bestimmen, sowohl wenn wir glauben, selbst die Entscheidung zu treffen, als auch, wenn wir ohne nachzudenken oder unwissentlich handeln.

Ich hätte nie gedacht, dass ich jemals einen Menschen töten würde, aber ich weiß, dass ich es getan habe. Für mich fühlt es sich an, als ob sie, die zum Opfer wurde, an der Tat beteiligt war. Wären nicht ausgerechnet wir beide uns begegnet, wäre ich nie zum Mörder geworden, und sie wäre nie ein Opfer geworden. Jeden anderen Menschen hätten wir verlassen oder uns mit ihm arrangieren können. Nur zwischen uns konnten die Liebe und der Hass so ernste Folgen nach sich ziehen. So, wie ich es sehe, waren wir in allem ursprünglich und primitiv Menschlichen aufeinander abgestimmt, aber Erziehung, Umfeld und Lebensweise hatten einen Abgrund zwischen uns entstehen lassen, noch bevor wir einander begegnet sind. Hunderte Menschen und Tausende Dinge sind für das Verbrechen verantwortlich, das wir beide büßen.

Es ist möglich, dass dies nicht die richtige Erklärung ist, aber es ist nun einmal die, zu der ich gelangt bin. Und durch sie wird es für mich verständlich, weshalb ich mir auch heute Abend noch sagen kann, dass ich sie liebe.

Ich habe mir die Frage gestellt: Wärst du ihr aus dem Weg gegangen, wenn du gewusst hättest, zu welchem endgültigen Ergebnis die Begegnung zwischen euch führen wird?

Ich weiß es nicht, aber meine Beziehung mit ihr ist das Wertvollste, was das Leben mir geschenkt hat.

Deshalb kann ich hier sitzen und mich nach ihr sehnen und mir wünschen, es gäbe einen Himmel oder eine Hölle, wo wir einander wiederbegegnen könnten.

Als das Auto draußen anhielt, spürte ich sofort, dass gleich etwas geschehen würde, was mich betraf.

Ich stand in der Garage und reinigte den Vergaser des großen Lincoln von Schiffsreeder Wraal. Wir hatten ihn zur Überholung und Schmierung für den Frühling hier. Der Motor war so gut gepflegt, dass er glänzte und nicht groß was dran zu tun war. Nur ein bisschen Putzen und Polieren da und dort.

In so einen Motor könnte man sich glatt verlieben.

»Torpedo RDW 102 304« stand auf dem Vergaser. Das habe ich sofort gesehen, als der Wagen draußen anhielt, und werde es bestimmt niemals vergessen. »Torpedo RDW 102 304.«

Als ich mich umdrehte, stand sie schon mit einem Fuß auf dem Trittbrett. Eine schlanke, seidige Wade, die unter einem hellgrauen Rock in die Sonne hervorleuchtete.

Die Augen leicht zusammengekniffen, schaute sie zu uns in die Garage herein. Bei der hellen Sonne da draußen waren wir hier drin im Schatten wohl schwer zu erkennen.

Ich wandte mich wieder dem Motor zu. Der Schraubenschlüssel zitterte in meiner Hand, und von dem Benzingeruch aus dem Vergaser wurde mir plötzlich übel und schwindlig. Ich blieb über den Kotflügel gebeugt stehen, schaute nur in den Motor hinein.

Was hat sie dazu veranlasst, an Thoresen, der gleich neben der Tür stand, vorbei und direkt auf mich zuzugehen? Darüber habe ich später oft nachgedacht. Genau in dem Moment hat das Schicksal an den Fäden gezupft, die mein Leben lenken. Genau in dem Moment hätte ich alles verhindern können, was später geschah. Ich hätte mir irgendwas in der Werkstatt zu tun suchen können oder über die Straße gehen und mir ein Päckchen Zigaretten kaufen. Hätte ich das übrigens? Ich weiß es nicht. Ich blieb stehen.

Sie stand direkt hinter mir, als ich mich aufrichtete.

»Wollen Sie sich kurz meinen Motor ansehen? Er zieht nicht so, wie er sollte. Ich glaube, es liegt an der Zündung.«

Sie sagte das in einem kühlen, leicht überheblichen Ton, der genau zu ihrem Aussehen passte. Aber hübsch und adrett war sie. Ich merkte, dass sie das selbst ebenfalls wusste, und fühlte mich plötzlich unbeholfen und minderwertig in meinem schmierigen, dreckigen Overall.

Ich ging vor ihr hinaus zum Auto. Schöner Wagen. Mercedes-Zweisitzer, hellblau, klein und schnittig. Haben immer erstklassige Fahrzeuge, solche Damen.

Ich startete den Motor und öffnete die Haube. Eine der Zündkerzen ruckelte. Ich stellte den Motor ab und schraubte sie heraus. Es war, wie ich gedacht hatte: Ruß.

Sie stand daneben und sah mir beim Schaben und Putzen zu. Sie nahm sich eine Zigarette und bot mir auch eine an. Ich lehnte dankend ab. Wir sagten nichts, aber ich spürte die ganze Zeit, dass sie mich ansah. Ich versuchte, mich auf die Arbeit zu konzentrieren.

Ich setzte die Kerze wieder ein.

»Vielleicht sollte ich mir die anderen auch gleich ansehen.« Das war keine Frage, ich sagte es bloß halb zu mir selbst.

»Ja, wenn Sie das tun würden. Das wäre nett von Ihnen.« Ich bereute sofort, das gesagt zu haben. Natürlich würde ich gleich auch alle anderen Kerzen durchschauen. Wenn erst einmal eine rußig war, konnten die anderen vermutlich auch eine kurze Reinigung vertragen. Aber in dem Moment wünschte ich nur, sie würde so bald wie möglich wieder fahren.

Eine nach der anderen nahm ich die restlichen Zündkerzen heraus und reinigte sie. Als ich fertig war, warf ich den Motor an. Er lief wie ein Uhrwerk, ruhig und gleichmäßig. Wir standen einen Augenblick nebeneinander und sahen uns den Motor an. Ihr Gesichtsausdruck war angespannt, als erwartete sie, irgendein Klopfen zu hören. Dann nickte sie:

»Das haben Sie toll hingekriegt! Vielen Dank.«

Ihre Augen wurden zwei lange, schmale Streifen, wenn sie lächelte. Sie hatte große, schöne und kräftige Zähne.

Ich hatte Lust, sie zu packen, sie zu beißen, schlug stattdessen aber die Motorhaube zu.

»Toller Wagen«.

Behutsam strich ich mit der flachen Hand über den Kühler, spürte ein Zittern im ganzen Körper.

Sie setzte sich hinters Steuer:

»Sie sind neu hier, nicht?«

Ich war seit ein paar Monaten hier.

»Würden Sie im Büro Bescheid geben, dass das auf Frau Rentoft geschrieben wird?«

Ich nickte. Sie winkte und fuhr in einer sicheren, aber ungestümen Kurve durchs Tor hinaus.

Als ich mich auf den Heimweg machte, war der Schnee schon geschmolzen. Es war nicht besonders weit, und so konnte ich gleichzeitig das Geld für die Straßenbahn sparen. Man wird nicht gerade reich, wenn man den ganzen Tag in einer Werkstatt steht. Trotzdem war ich froh, dass ich die Arbeit bekommen hatte. An der Ingenieursschule hatte ich mir zwar etwas anderes vorgestellt, aber von den schlecht bezahlten Posten in den Büros kann ja kein Mensch leben. Da ist es schon besser, man ist Facharbeiter.

Das Entscheidende war übrigens, dass Marit und ich beschlossen hatten, im Sommer zu heiraten. Ich mochte sie sehr gern, und mir gefiel der Gedanke, nicht mehr in grauen, schäbigen Lokalen essen zu müssen. Außerdem sollte sie ja auch nicht Jahr für Jahr für einen lausigen Hungerlohn hinter einem Ladentisch stehen.

Es herrschte heiteres, klares Aprilwetter. Noch immer lag ein leicht frischer, kalter Hauch in der Luft, aber auf den Bäumen begann es schon zu sprießen, und die Rasenflächen im Frognerpark wurden täglich grüner und grüner.

Am besten sah man den Frühling übrigens an den Frauen. Rundum erneuert, begannen sie ihr wiegendes Schaulaufen und genossen ihren Anblick in den Auslagenscheiben.

In Majorstua begegnete ich Hans Haug. Wir waren

zusammen auf die Technische Mittelschule gegangen und im Grunde damals gute Freunde gewesen. Aber er war Vertreter für irgendeine Maschinenfirma geworden und schlug sich gewiss gut. Heute brachte er kaum einen Gruß über die Lippen. Er war in Begleitung einer Frau, »Modell de Luxe«, wie wir im Werkstattjargon sagen. Und ich im Overall. Na ja, man brauchte ja nicht bis in alle Ewigkeit Schulkameraden zu sein.

Würde ich es irgendwann schaffen, mich aus dem Öl und dem Dreck herauszuarbeiten?

Ich fühlte mich müde und schwerfällig, als ich die kleine Wohnung in der Ole Vigs gate aufschloss. Meine gute Laune war wie weggeblasen.

Ich holte warmes Wasser aus der Küche. Ich streifte schnell meine Sachen ab und wusch mich. Es half, ein sauberes Hemd und andere Sachen anzuziehen. Ich steckte mir eine Zigarette an und warf mich auf den Diwan, lag auf dem Rücken und fühlte mich lang und schwer und dachte an nichts. Draußen auf der Straße war hitziges, an- und abschwellendes Kindergeschrei zu hören, und aus dem Erdgeschoss drang gedämpfte Klaviermusik.

Marit kam zur gewohnten Zeit vorbei.

Auch sie war frühlingserneuert und strahlte fröhlich wie ein Kind. Die Bluse und den Hut hatte sie selbst genäht.

Sie war so klug und so geschickt mit den Händen. Ich musste sie fest in die Arme schließen:

»Wie tüchtig du bist, Kleines.«

»Findest du? Ich bin so froh, weil du mich gernhast«, fügte sie hinzu.

Ich küsste sie und zog sie auf den Diwan herunter.

»Du sollst doch meinen neuen Rock nicht zerknittern.«

»Na, dann zieh ihn eben aus.«

Folgsam schlüpfte sie aus dem Rock und kroch zu mir. Ich hatte ein seltsames Gefühl, so als würde ich sie betrügen.

Danach lagen wir ruhig nebeneinander, ohne etwas zu sagen. Ich spürte ihre Haare an meiner Wange und hörte ihren ruhigen, gleichmäßigen Atem. Durch die geschlossenen Lider sah ich in ein hellviolettes Dunkel, in dem gelbe Flecke hin und her tanzten.

Ich spürte, dass sie sich umdrehte und mich ansah. Sie strich mir übers Haar.

»Du warst so komisch heute«, flüsterte sie. »So anders, irgendwie.«

»War ich das?«

»Ja. – Du hast mich gebissen.«

Ich wagte nicht, die Augen zu öffnen und sie anzusehen. Hatte plötzlich einen intensiven, beißenden Benzingeruch in der Nase und sah eine schlanke, hellgraue Gestalt mit spitzen Brüsten, einem großen roten Mund und schmalen Augen. RDW 102 304. Die Röte brannte mir auf den Wangen, und ich hörte meine eigene Stimme, mit übertrieben gespielter Gleichgültigkeit.

»Habe ich dich gebissen? Das will ich nie wieder tun.«

Ich küsste sie leicht auf die Wange und stand auf. Ich musste irgendwas tun.

»Es ist so schönes Wetter, wollen wir eine Runde gehen?«

Ich hob sie vom Diwan herunter und stellte sie auf den Boden. Sie war so klein und schmächtig, wie sie so in ihren Strümpfen dastand und an ihrem Rock herumnestelte. Ihr dunkles, weiches Haar fiel nach vorn und bedeckte ihr

Gesicht. Mich überkam ein aufrichtiger Drang, gut zu ihr zu sein. Ich ging zu ihr und nahm sie in die Arme und strich ihr das Haar zurück. Sie hatte Tränen in den Augen, als ich ihr Gesicht zu mir anhob. – Wie schön sie war.

»Aber was hast du denn, mein Dummerchen.«

»Ich weiß nicht.« Sie legte ihren Kopf an meine Brust und seufzte. »Es ist nur – weil – alles plötzlich so – komisch war.«

Ich wiegte sie in meinen Armen:

»Meine Liebe, mein komisches Käuzchen.«

Alles andere spielte jetzt keine Rolle mehr. Das war das Einzige von Bedeutung: Jemanden zu haben, der einen gernhatte, jemanden, zu dem man gut sein konnte.

»Jetzt kämmt sich mein kleines Mädchen die Haare und pudert sich ein bisschen das Näschen. Dann gehen wir aus und zeigen es her in dem schönen Wetter. Und alle Kerle sollen mich beneiden!«

Sie lachte zu mir auf, und ich sah, dass sie sich wieder beruhigt hatte, aber ihre Unterlippe war blau und geschwollen. Sie verdeckte es mit ein wenig Lippenstift.

Thoresen und ich standen draußen auf dem Platz und sahen uns eine Havarie an, die gerade hereingeschleppt worden war. Das war keine Seltenheit. Die komplette Front war zerschmettert und die Fahrerkabine skalpiert. Das eine Vorderrad war abgerissen, und das andere hing genau unter dem Motor, wie bei einem Flugzeug, das die Räder eingefahren hat. Geronnenes Blut und Glasscherben überall.

Thoresen blinzelte über den Brillenrand:

»Soll ausrichten lassen, das hat einen Mordsknall gegeben. Der Bursche fährt kein Auto mehr diesseits der Ewigkeit.«

Aus seinen Augen leuchteten Sensationsgier und Aufregung.

»Wer ist es?«

»Wer *war* es, meinst du.« Er grinste. »Einer von diesen Grünschnäbeln, von denen es in der Stadt nur so wimmelt. So viele Unfälle, wie der gebaut hat, hätt er eigentlich schon mehrmals den Löffel abgeben müssen. Der Wagen war fast ständig hier geparkt – pausenlos größere oder kleinere Schäden. Aber wie's aussieht, war das sein letzter Aufsitzer.«

»Wie viele waren drin?«

»Vier. Die eine Frau lebt noch, aber beide Beine sind gelähmt und ihr komplettes Gesicht ist hinüber.«

Plötzlich entdeckte ich einen Hautfetzen mit langen gelben Haarbüscheln, der am Rahmen der Windschutzscheibe klebte. Ich spürte, wie sich etwas in mir umstülpte, und trat ein paar Schritte zurück.

Im selben Moment raste ein Auto durchs Tor, Bremsen quietschten, und ich konnte mich gerade noch rechtzeitig zur Seite werfen.

Sie war schon halb aus dem Wagen gestiegen, als ich mich umdrehte. Stand plötzlich mit gespreizten Beinen in Reithosen da und schaute mich mit abwartendem Blick an.

Mein Gesicht war starr vor Zorn:

»Wie zum Teufel fahren Sie denn!«

Sie lächelte mit eiskaltem Blick:

»Haben Sie vielleicht Angst bekommen?«

Ich hätte Lust gehabt, ihr eine zu scheuern, beherrschte mich aber, sodass ich es in den Kiefern knacken spürte. Ich konnte sehen, wie sich ihre Brust unter der dünnen weißen Bluse schnell hob und senkte. Das half mir, mich zu beruhigen.

»Ich hab keine Lust, als Hackfleisch von Ihrem Kühler gekratzt zu werden.«

Wir blieben gegenüber voneinander stehen, ohne etwas zu sagen. Sie trug keine Kopfbedeckung, und ihre Haare reichten ihr bis zu den Schultern. Sie sahen weich und lebendig aus im Sonnenlicht. Ich hätte gern an ihnen gerochen. Für einen Moment vergaß ich, wie rasend ich war.

Sie sagte in ironischem Tonfall:

»Tut mir leid, dass ich Sie erschreckt habe.«

Da schäumte es wieder in mir über:

»Erschreckt!«

Ich deutete auf das Autowrack neben uns:

»Da sehen Sie das Ergebnis von so einer beschissenen Fahrweise!«

Sie hob die Augenbrauen und schaute zur Seite:

»Das ist der Nash von Calle Christensen, wie ich sehe.«

Sie zündete sich eine Zigarette an und sah sich das Wrack genauer an.

»Finden Sie nicht, dass ich es gut wiedererkannt habe?«

Sie warf mir einen neckischen Blick zu.

Ich fuhr sie an:

»Wenn Sie das nächste Mal Erfolg haben, wird es vielleicht schwieriger werden, *mich* wiederzuerkennen!«

Ich bemerkte, dass die anderen Jungs dastanden und uns ansahen, und ich drehte mich zum Gehen um.

»Wollen Sie mir denn heute nicht behilflich sein?«

Sie stand plötzlich hilflos wie ein Kind da und zog einen Schmollmund.

»Was ist es denn diesmal? Ich hatte den Eindruck, Ihr Wagen läuft gut genug. Ein bisschen zu gut vielleicht.«

»Er lässt sich so schwer starten.«

Sie war mürrisch und gekränkt.

Ich legte noch eines drauf:

»Haben Sie vielleicht vergessen, den Schlüssel reinzustecken oder Benzin nachzufüllen?«

Sie antwortete nicht.

Ich öffnete die Tür und betätigte den Starter. Er war mausetot. Ich riss die Abdeckung der Batterie auf und fand den Fehler auf Anhieb. Eines der Kabel war lose – *war gelöst worden*. Es war im Nu erledigt.

Da ging ich etwas zu weit:

»Nächstes Mal sollten Sie die Mutter nicht wieder reinschrauben. Sieht nicht so richtig natürlich aus, wenn das Kabel lose rumhängt.«

Sie wurde rot. Einen Moment lang glaubte ich, sie würde mit ihrer Tasche auf mich losgehen. Dann drehte sie sich ohne ein Wort um und warf sich hinters Lenkrad. Die Tür krachte hinter ihr zu und der Motor sprang sofort an. Sie drehte ihn kräftig hoch und preschte förmlich mit einem Satz durchs Tor hinaus.

Aufgeregt und mit einem seltsamen Gefühl ging ich über den Platz zur Garage. Thoresen und die anderen drehten sich um und gingen hinein. Es kam mir vor, als würde Thoresens herunterhängender Hosenboden mich angrinsen.

Sie kam und ging in meinen Gedanken. Am liebsten vormittags in der Werkstatt. Wenn ich draußen ein Auto stehen bleiben hörte, musste ich auf der Stelle nachsehen. Doch dann fiel mir auf, dass Thoresen mich unter Beobachtung hatte. Sobald draußen auf dem Platz ein Auto anhielt, richtete er seine zusammengekniffenen Augen auf mich. So musste ich also alle Arten von Tricks anwenden, um nachzusehen, ohne dass er es mitbekam.

Im Übrigen hatte ich sie wohl beim letzten Mal so nachhaltig beleidigt, dass sie sich ohnehin von hier fernhalten würde. Aber warum zum Teufel wandte sie so lächerliche Tricks an wie den, ein Kabel von der Batterie zu lösen?

Sie hatte Lust auf mich. Das war offensichtlich. Wollte was Spannendes und Außergewöhnliches: Weil sie die Nase voll hatte von diesen glatten, geschniegelten Papasöhnchen, wollte sie einen mit dem beißenden Geruch nach Schweiß und Öl. Verfluchte Oberschichttusse!

Na ja, vielleicht war ich da jetzt auch ein bisschen eingebildet. Sie wollte vielleicht bloß mit mir schäkern, um zu sehen, welche Wirkung es auf einen armen Wicht hätte, wenn ihm eine Prinzessin scheinbar ihre weiblichen Reize darbot. Ich hatte diese Sorte vor vier Jahren schon einmal erlebt, als Skilehrer in einem Berghotel. Da waren Verheiratete und Unverheiratete, Junge und Ältere, Hell- und Dunkelhaarige, Dicke und Dünne – aber eines hatten sie alle gemeinsam: Sie ließen keine Gelegenheit ungenutzt, um mit einem Mann zu schlafen. Nach der Tour war ich als Lochschwager von so einigen anderen Kerlen in die Stadt zurückgekehrt.

Im Grunde kenne ich mich mit so etwas gar nicht so gut aus.

Ich weiß, dass ein Mann Lust auf eine Frau haben kann und eine Frau Lust auf einen Mann. Dann schlafen sie miteinander, und das ist okay, aber das ganze Leben kann man so ja nicht weitermachen. An irgendeinem Punkt muss man aufhören und sich an einen einzigen Menschen halten, ansonsten gibt's bloß ein Durcheinander.

Aber es gibt bestimmt einige, die nie zur Ruhe kommen, die praktisch ständig auf der Jagd sind nach einem Bettgefährten. Bei den Frauen habe ich das oft in den Augen gesehen. Wenn ich sie – hinterher – gefragt habe, warum sie sich diesmal ausgerechnet mich ausgesucht hätten, bekam ich die sonderbarsten Erklärungen. Eine hat mir mal erklärt, ich hätte so rücksichtslos ausgesehen. Das kann ich verstehen. Aber wenn sie es auf meine Kinnspalte schieben, dann ist ja klar, dass das bloß eine alberne Ausrede ist und sie einfach mit irgendwem schlafen wollen.

Übrigens habe ich erst angefangen, mir auf diese Art über solche Dinge Gedanken zu machen, nachdem ich beschlossen hatte zu heiraten. Davor habe ich es eher genommen, wie es kam – fast wie Sport. Außer in den Momenten, in denen es gerade stattfand, hat es mich selten noch länger beschäftigt. Ansonsten habe ich die Erfahrung gemacht, dass Frauen recht verschieden sein können, aber die allermeisten sind sich ziemlich ähnlich.

Ich hatte eigentlich nicht geglaubt, noch mehr Erfahrungen zu machen auf diesem Gebiet, und weil Marit und ich ganz gut zueinander passten – deshalb – ja, deshalb blieben wir also zusammen. Zwar hatte ich nicht aufgehört, andere Frauen anzusehen, aber ich hatte sie nie betrogen und auch nicht vorgehabt, es zu tun.

Trotzdem spürte ich jetzt durch alle guten Vorsätze

hindurch, dass etwas Neues, Fremdes im Begriff war, in mir hervorzubrechen. Etwas, von dem ich mich am besten fernhalten sollte, etwas, das stärker war als ich.

Und während der Arbeit gab ich den Fantasien über *sie* nach und spürte eine gefährliche Wonne in mir aufsteigen.

Woher kommen solche Gedanken? Und was lässt sie über alle Grenzen und Ziele hinaus sprießen und anschwellen?

Lächerliche Gedanken, Zeitvertreib für Konfirmanden. Ziemlich unterhaltsam, übrigens, wenn man so daliegt und am Kardangelenk eines Lastwagens herumschraubt.

Ich pfiff und wechselte in Gedanken zu Marit. Ich liebe sie. Wir werden heiraten und glücklich werden.

Ein Auto hielt draußen. Ich weiß jetzt, dass Thoresen mir auflauert, aber soll der ruhig daliegen und glotzen. Es schert mich einen Dreck, ob sie es ist oder nicht.

Übrigens ist sie es durchaus nicht. Das höre ich am Motor.

Eines Freitags kam eine Mitteilung aus dem Büro. Es ging um die Frage, ob einer von uns von Samstag auf Sonntag einen Chauffeurjob übernehmen wollte. Gut bezahlt und alles gratis. Hin und wieder wurden wir von der Werkstatt für solche Aufträge an gute Kunden vermittelt. Es war natürlich freiwillig, aber so viel wussten wir immerhin, dass ein Entgegenkommen von uns *erwartet* wurde.

Keiner der anderen war sonderlich heiß auf den Job, ich übrigens auch nicht. Es war inzwischen warm geworden und beinahe sommerlich. Die Südhänge waren so trocken, dass man in der Wiese liegen konnte.

Wir alle dachten wahrscheinlich an unsere Sonntagsausflüge.

Wer wie wir die ganze Woche in einer Werkstatt herumrennt, tauscht seinen einzigen freien Tag nicht gern gegen Geld. Sogar Karlsen, der noch Lehrling ist, schwor auf seinen Samstagabend, den er in Ruhe mit seinem Mädchen verbringen wollte. Er fuhr samstags normalerweise auf Hüttenausflug nach Nittedal und kam montags immer freudig lächelnd zur Arbeit.

Ich wusste, Marit würde enttäuscht sein, aber nachdem ich ein wenig hin- und herüberlegt hatte, nahm ich den Job an. Wir konnten das Geld jetzt gut gebrauchen. Einen gemeinsamen Haushalt zu gründen, ist teuer.

»Treffpunkt morgen um neun in der Madserud Allé 70, bei Direktor Rentoft.«

Ich wollte protestieren, aber das fiese Lächeln von Thoresen hielt mich zurück. So ruhig ich konnte, sagte ich:

»Geht klar, morgen um neun.«

Nachdem wir für heute fertig waren, kam Thorsen an mir vorbeigeschlendert. Er wischte sich die Finger mit ein wenig Polierwatte.

»Dem Tod wieder einen Tag näher«, sagte er und verzog den Mund.

Das war seine übliche Leier jeden Tag nach Arbeitsschluss.

Er blieb kurz stehen und pulte an dem Stück Polierwatte herum:

»Hab gehört, du fährst morgen für Rentoft.«

»Ja.«

»Wird sicher 'ne schöne Fahrt.«

Er zwinkerte mit einem Auge:

»Heiße Schnitte, diese Frau Rentoft.«

»Vielleicht willst du die Fuhre ja selber übernehmen, dann kannst du's bei ihr versuchen!«

»Nein danke. Ist bestimmt nichts für mich. Bin nicht hübsch genug.«

»Ach, fahr zur Hölle.«

»Danke. Und gute Fahrt.«

Gekrümmt und steifbeinig stakste er davon. Ein fieser Hund, aber es steckte ein fröhliches Gemüt in dem dürren alten Körper. Man konnte unmöglich richtig wütend auf ihn sein.

Marit kam wie üblich am Abend vorbei.

Sie erzählte voller Eifer von den vielen Sachen, die sie »fürs Haus« gekauft hatte. Ich versuchte zuzuhören und mich interessiert zu zeigen, aber es war, als ob es mich nichts anginge.

Zwei Menschen würden heiraten, und einer davon war ich, aber eigentlich war es wahrscheinlich nur ein Teil von mir. Der andere Teil schwebte im Kreis herum und wusste nicht mehr, wo er sich niederlassen sollte.

Ich fühlte mich elend und unglücklich, und um nicht reden zu müssen, schlug ich vor, ins Kino zu gehen.

Sie freute sich und schlug die Zeitung auf, legte sich quer über den Tisch, das Kinn auf den Händen, und suchte einen Film aus. Weich und glänzend fiel ihr das Haar vors Gesicht.

»Wir gehen ins Colosseum«, sagte sie und sah auf.

Ich strich ihr übers Haar, blieb stehen und hielt den Blick

auf sie gerichtet. Ihre Augen schauten groß und zuversichtlich in meine. Irgendwo in mir drin tat es weh.

Sie gab mir einen leichten Kuss:

»Ist mein kleiner Junge heute *ein bisschen* schlecht gelaunt?«

»Die verdammte Fahrt zerstört uns den Sonntag«, log ich.

Sie zog mich an den Ohren und lächelte:

»Wir werden noch so viele Sonntage zusammen haben, du und ich, also.«

»Ja, das werden wir«, antwortete ich, nur um etwas zu sagen.

Sie drückte sich fest an mich, und ich fühlte, was sie wollte. Ich verbarg mein Gesicht in ihren Haaren, um ihr nicht in die Augen sehen zu müssen.

Wir amüsierten uns beide im Kino. Es war einer dieser amerikanischen Filme, in denen es um nichts geht, wo aber viel getanzt und gesungen und Unsinn getrieben wird.

Ich begleitete sie nach Hause an diesem kühlen Frühlingsabend. Sie hakte sich bei mir unter und plapperte kindlichfröhlich vor sich hin, wie sie es immer tat, wenn sie guter Laune war. Und das war Marit fast immer.

Wir waren glücklich an diesem Abend, als wir beim Nachhausegehen von unserem neuen Heim und der Zukunft fantasierten. Wenn ich jetzt daran zurückdenke, kommt es mir vor, als hätte ich damals zum letzten Mal ein wirklich sicheres und angenehmes Glück um mich herum gespürt.

In der Nacht hatte ich folgenden Traum:

Ich nahm an einem Skispringen teil und stand ganz oben auf einem hohen Gerüst. Nacheinander schossen die Springer die

Schanze hinunter, und jedes Mal, wenn einer von ihnen auf dem Boden aufsetzte, schallte uns von unten der Beifall entgegen.

Dann war ich an der Reihe. Ich konzentrierte mich, griff nach dem Geländer auf beiden Seiten und stieß mich ab. Aber ich blieb wie festgefroren stehen. Die Skier bewegten sich nicht. Die Musik ging aus, und ich hörte jemanden pfeifen. Eine Wut brach in mir aus, wie ein Schluchzen. Ich drehte mich um, um wieder ganz hinaufzugehen und es noch einmal zu versuchen. Da entdeckte ich die breit grinsenden Gesichter meiner Konkurrenten. Im selben Moment begannen die Skier zu gleiten. Rückwärts. Es war, als würde ich rücklings die Spur hinuntergesaugt.

Angst war das Einzige, was mich jetzt erfüllte. Gleich bist du am Schanzentisch. Gleich bist du am Schanzentisch. Ich ging in die Hocke.

Jetzt.

Seltsamerweise gelang mir der Absprung, und es bereitete mir keine Schwierigkeiten, mich in der Luft zu drehen. Hoch und frei schwebte ich über den Baumwipfeln. Hier ist einer, der springen kann. Ich lehnte mich nach vorn und hatte dieses wunderbare Gefühl, das nur der hat, der den Sprung vollends beherrscht. Der Beifall schwoll wie ein Orkan unter mir an.

Ich landete sicher wie ein Felsen weit unten im Flachen und blieb auf der Stelle stehen, wie festgenagelt. Hier war kein Schnee, sondern eine entfleischte, herbstliche Landschaft, die mich feindlich anstarrte.

Thoresen kam mit einem grauen, traurigen Gesicht auf mich zu:

»Du kriegst den ersten Preis«, sagte er. »Der eine Reifen hat einen Platten, aber ansonsten ist es ein guter Wagen.«

Er führte mich unter die Bäume. Dort stand ein alter,

havarierter Lastwagen, den wir gerade in die Werkstatt rein-
bekommen hatten. Auf der Ladefläche lag Marit, steif, weiß
und hübsch zurechtgemacht. Ein intensiver Blumenduft schlug
mir entgegen.

Ich erwachte von meinem eigenen Schreien.

Als ich am nächsten Morgen die Madserud Allé hinunterging, spürte ich den Sommer in der Luft. Die Blätter
hingen wie dünner Streusel an den Bäumen, und das Gras
in den Gärten war feuchtgrün und frisch. Die schräg einfallende Morgensonne wärmte mir die Wangen, als ich den
Hut abnahm, und ich spürte, dass ich gut ohne Mantel ausgekommen wäre.

Ich brauchte ein Weilchen, um die Nr. 70 zu finden, aber
schließlich fand ich sie am Ende eines kleinen Stichwegs
in derselben Straße. »Rentoft« stand kurz und knapp in
dreisten, selbstbewussten Buchstaben auf einem schwarzen,
schmiedeeisernen Tor.

Das Haus lag hübsch und gepflegt in einem großen Garten. Alles – von den frisch geharkten Gartenwegen bis zu
den beiden breiten Garagentüren – zeugte von Reichtum
und Wohlstand.

Solche Häuser gibt es in Oslo zuhauf, und in neun von
zehn Fällen gehören sie Leuten, die irgendwelche Geschäfte
machen. Tausende unterbezahlte Rechnungsschreiber und
Kassiererinnen ermöglichen diese Häuser durch bienenflei-
ßige Arbeit. Und es ist seltsam, daran zu denken, dass jeder
Einzelne von uns, die wir gerade einmal genug für unseren

eigenen Lebensunterhalt verdienen, einen ziemlich großen Prozentsatz unseres Lohns in die Kasse dieser Geschäftsleute einzahlen. Eigentlich sind es wohl wir, die ihre Häuser und Autos und Segelboote finanzieren.

Das Haus wirkte geschlossen, ausgestorben und unzugänglich. Ich ging zum Haupteingang hinauf und klingelte. Es war jetzt fünf vor neun.

Endlich kam ein Dienstmädchen und schloss auf. Sie bat mich, zu warten, und knallte mir die Tür vor der Nase zu. Sie fürchtete wohl, ich könnte ins Haus eindringen und mit dem Flügel abhauen.

Ich zündete mir eine Zigarette an und setzte mich auf eine Steinbank oben auf der Treppe. Der Vorplatz war von Sonnenlicht überflutet, und mir war es im Grunde einerlei, wann die Herrschaften sich einzufinden gedachten. Mein Samstag und mein Sonntag waren sowieso ruiniert.

Na ja, ein bisschen gespannt war ich schon. Wie würde sie es aufnehmen, wenn sie bemerkte, dass ich es war, der heute hinterm Steuer sitzen würde?

Jemand rief nach mir, und ich wandte mich um. Es war das Mädchen, das mir gerade aufgeschlossen hatte. Sie stand auf der Küchentreppe und wedelte mit etwas in der Hand.

Gewiss. Es geziemte sich nicht, mich am Haupteingang zu empfangen. Keiner nimmt es genauer mit der Etikette als solche kleinen Stubenmädchen. Sie erkennen verblüffend schnell den Unterschied zwischen einem Generaldirektor und einem Mechaniker.

Schnepfe.

Die gute Laune sprudelte in mir. Ich erhob mich unerträglich langsam und träge. Und wenn ich das mit Absicht tue, dann *ist* es wirklich langsam und träge.

Sie blinzelte ungeduldig gegen die Sonne, als ich auf sie zuschlenderte.

»Hier ist der Schlüssel fürs Auto. Sie sollen den Buick nehmen. Er steht in der linken Garage.«

Ich trat ganz nahe an sie heran, den Blick auf ihre Beine geheftet, von den Knien abwärts:

»Du hast schöne Knöchel, Kleines.«

Ich sah ihr unverschämt ins Gesicht. Sie wurde rot und versuchte, grimmig dreinzuschauen, bekam es aber nicht richtig hin. Da wurde Fräulein Vornehm unsicher in ihrem Auftreten:

»Schäkern Sie nicht herum. Hier sind die Schlüssel.«

»Na, na, nicht so aufbrausend so früh am Morgen. Ich finde ja eher, du solltest mich zum Kaffee hereinbitten, wenn ich schon so lange warten muss. Du siehst ja im Grunde nett und menschenfreundlich aus. Heißt du Elvira oder Rosalinde?«

Jetzt hatte ich sie weichgekriegt, und sie schenkte mir ein Lächeln, wenn auch nur ein kurzes:

»Dafür ist wohl keine Zeit. Sie werden gleich abreisen. Die Herrschaft ist jeden Augenblick fertig.«

Ich bekam die Schlüssel, blieb noch kurz stehen und warf sie mit einer Hand in die Luft. Sie hatte die Arme vor der Brust gekreuzt und zitterte leicht.

Hübsches Mädchen, im Grunde.

»Schönes Wetter werdet ihr jedenfalls haben«, sagte sie.

»Elvira oder Rosalinde?«, wiederholte ich.

»Frechdachs. Aber trotzdem gute Fahrt«, sagte sie und schlüpfte durch die Tür.

Ich schlenderte pfeifend zu den Garagen, hielt auf halbem Weg an und schaute zu den Küchenfenstern. Doch, dort stand sie mit jemandem und lugte über die Gardinen. Ich winkte mit dem Schlüsselbund, und sie winkten zurück.

Jetzt unterhielten sie sich dort drin über mich.

Die Garage war aus Granit und fast vollständig von trockenen, blattlosen Zweigen von Wildem Wein mit kräftigen, frischen Trieben bedeckt. Das Tor glitt leicht an den Laufrollen auf, und ich erkannte den Buick. Wir hatten ihn neulich in der Werkstatt. Geräumiger Siebensitzer, gut gepflegt und komfortabel. Toller Wagen, der sich spielerisch fahren lässt.

Er ließ sich auf Anhieb starten, und ich setzte bis zum Haupteingang zurück. Dann zündete ich mir eine Zigarette an und wartete.

Rosalinde kam mit ein paar großen Koffern und einigen kleineren Gepäckstücken auf die Treppe heraus. Ich sprang aus dem Auto und half ihr mit den Koffern. Nachdem ich sie eingeräumt hatte, lief ich um den Wagen herum. Ich wollte nicht wie ein zweiter Lakai heraushüpfen müssen, wenn sie kamen.

Erneut spürte ich, wie gespannt ich war, sie wiederzutreffen. Und ich erinnerte mich an das seltsame Gefühl, das mich bei unserer ersten Begegnung überkommen war. Mit einem Mal wurde mir klar, dass es keineswegs sicher war, dass *sie* mitkommen würde. Der Gedanke verwirrte mich.

Dann kamen sie.

Sie trug einen hellgrauen Hosenanzug und eine Baskenmütze, nickte mir abwesend und nichtssagend freundlich zu, als ob sie mich nie zuvor gesehen hätte. Ich fühlte mich davon im tiefsten Inneren beschämt, und gleichzeitig machte es mich wütend. Mir blieb keine Zeit, meine Gefühle genauer zu analysieren, denn Rentoft fing sofort an, die Fahrtstrecke mit mir zu besprechen.

Er war zwischen vierzig und fünfzig Jahre alt und strahlte schon aus weiter Ferne das wohlhabende Unternehmertum aus. Schöne, ebenmäßige Züge, aber unter der freundlichen Selbstsicherheit trotzdem völlig ohne Gesicht. Der Körper war ein wenig schwabbelig, aber alles wurde von einem gutsitzenden Tweed-Anzug sauber an seinem Platz gehalten.

Über den Weg hatten wir uns schnell geeinigt. Ich war schon von früher mit der Strecke vertraut, weshalb ich keine Anleitung brauchte.

Bevor er ins Auto stieg, erteilte er Rosalinde einige letzte Anweisungen, die sie nickend und respektvoll entgegennahm. Die Gattin rief aus dem Auto:

»Sind Sie auch sicher, dass wir alles mithaben, Kirsten?«

»Ja, gnädige Frau, das glaube ich sicher.«

Ich legte den Gang ein und ließ Rosalinde ein Nicken zukommen, das bedeuten sollte, jetzt weiß ich, dass du Kirsten heißt.

Es war eine eintönige Fahrt. Sie redeten nicht viel dort hinten auf der Rückbank, und auch ich hatte die Ohren nicht gerade gespitzt. Hin und wieder zündeten sie sich eine Zigarette an, und manchmal bot Rentoft mir ebenfalls eine an.

Ich erkannte immer mehr, was für ein eitler Narr ich gewesen war, der die ganze Situation falsch eingeschätzt hatte. Weil ich bei notgeilen Frauen in einem Berghotel ein paar billige Eroberungen gemacht hatte, glaubte ich, sie wären alle gleich. Plötzlich stand es mir in seiner ganzen blanken Idiotie vor Augen, wie sinnlos es gewesen war, anzunehmen, sie wolle etwas mit mir zu schaffen haben. Schöne reiche Frauen mögen zwar Gelüste haben, die ein schlappriger Ehemann nicht befriedigen kann, aber deshalb rennen sie nicht gleich zum erstbesten Mechaniker. Sie haben genug Auswahl in ihren eignen Kreisen.

Ich spürte, wie mir das Blut zu Kopf stieg. Hatte ich sie nicht regelrecht beschuldigt, mir nachzustellen? Was ich über die gelockerte Mutter gesagt hatte, konnte nicht anders aufgefasst werden. In meiner grenzenlosen Eitelkeit war es mir nicht in den Sinn gekommen, jemand *anderes* könnte ihr diesen Streich gespielt haben. Eigentlich müsste ich ihr ewig dankbar dafür sein, dass sie überhaupt noch zusammen mit mir im Auto sitzen wollte. Wäre sie eine von der fiesen Sorte gewesen, hätte sie mir an diesem Morgen eine schöne Szene machen können. Aber sie verzog keine Miene, obwohl sie mich zweifellos wiedererkannt hatte.

Zwischendurch tröstete ich mich mit dem Gedanken, ich sei bloß verärgert gewesen, weil sie mich fast überfahren hatte. Und ich trieb es so weit, mir einzubilden, ich hätte beim ersten Mal etwas in ihren Augen gesehen, etwas, wofür ich normalerweise ein feines Gespür habe, das mich selten getäuscht hat. Aber den Großteil der Fahrt behielt das Gefühl der Scham die Oberhand.

Ich versuchte, nicht darüber nachzudenken und mich nur auf den Wagen und auf die Straße zu konzentrieren. Über lange Strecken, besonders bergauf, als die Pferdestärken wie ein Bienenschwarm surrten und ich diese große Freude verspürte, wenn sie dem geringsten Druck aufs Pedal gehorchten, lief es gut. Aber manchmal war es, als würde etwas von dem hitzigen Jagen des Motors sich in mir fortpflanzen, und dann musste ich wieder an sie denken. An sie, die im grauen Hosenanzug mit blonden Haaren kalt und überlegen auf der Rückbank saß. Ich ertappte mich bei der Vorstellung, sie und der Motor wären eins, und ich würde sie in einer Art rasender Wollust in schwindelerregende Höhen treiben. Es hämmerte in meinen Schläfen, und mein Hals wurde trocken wie nach einem langen Marsch.

Später dachte ich noch oft an diese Autofahrt zurück, und ich glaube, sie war ausschlaggebend für vieles, was danach geschah.

Wir kamen am frühen Nachmittag an. Die Hütte hatte eine schöne Lage, direkt oberhalb der Baumgrenze, mit einem Fischteich in der Nähe und einer Aussicht bis weit hinunter ins Tal. Ich half ihnen beim Hineintragen des Gepäcks, und dann war ich fertig für den Tag. In einem Hotel ein paar Hundert Meter weiter unten am Berghang war ein Zimmer für mich gebucht. Wir vereinbarten, dass ich am nächsten Tag kurz nach Mittag heraufkommen würde, um Rentoft wieder in die Stadt zu fahren.

Ich erhaschte einen Blick auf sie, als sie aus dem Auto stieg. Sie sah blass und müde aus.

Unten im Hotel warf ich mich angezogen aufs Bett, rauchte und starrte an die Decke. Eine Zimmerdecke – ob nun weiß und frisch gekalkt oder ungestrichen und voller Äste – ist das Einzige, was einem Ruhe verschaffen kann, wenn die Nerven sich verknoten und im Kopf alles durcheinanderzugeraten droht. Ein kleiner Schatten auf der Tapete wird ein Meer, auf dem man zu unbekannten Stränden schwimmen kann, und in den Ästen und Ritzen verbergen sich die Züge bekannter oder unbekannter Gesichter. Manchmal taucht die Visage eines alten Lehrers auf, und du erinnerst dich zufrieden an damals, wie er im blinden

Zorn mit den Fingern im Tintenfass herumfuhr, bis es überschwappte.

Es ist, als würde man in einem Album blättern. Das *Gewesene* taucht in verschleierten Konturen auf. Kummer und Freuden, die einst den gesamten Lebensinhalt darstellten, stehen da wie gleichgültige Schatten aus der Vergangenheit. Habe ich *das* wirklich so schwergenommen? War *das* so eine unermessliche Freude?

Es ist seltsam, wie alles, was wir Menschen so tun und treiben, im Rückblick einen halb tragikomischen Anschein bekommt. Ein guter Trost, wenn einen gerade etwas quält.

Trauer und Freude wandern gemeinsam, und in hundert Jahren – fünfzig Jahren – vierzehn Tagen – ist alles vergessen.

Ich schlief ein.

Als ich aufwachte, war es Abend. Ich ging hinunter in den Speisesaal. Er war fast leer. Hier oben war noch nicht Saison. Die Leute, die an den Tischen saßen, sahen beinahe aus wie Rekonvaleszente.

Erst als ich zu essen begann, merkte ich, was für einen Bärenhunger ich hatte. Das Mittagessen hatte ich völlig vergessen. Ich bin im Allgemeinen kein Kostverächter und langte wahrscheinlich um einiges tüchtiger zu, als es die anständigen, anämischen Wesen um mich herum als gesittet betrachten würden. Aber Gesundheit geht der Sittlichkeit voraus.

Als ich gegessen hatte, schlenderte ich an den Bridgetischen – die mich nicht in Versuchung führten – und ein paar Whisky-Sodas – die mich in Versuchung führten – vorbei in den hellen Abend hinaus.

Ein plumper Halbmond hing am Himmel und leuchtete nur für sich allein über einer Landschaft, auf die noch immer genug Sonnenlicht fiel. Er erinnerte an einen Nachtwächter, der zu früh zur Arbeit gekommen war.

Ich ging die Straße hinauf an der Hütte vorbei. Sie lag auf einer Felskuppe und starrte mit leuchtenden Fensterscheiben ins Tal hinab. An der Straße entlang standen kleine Birken und Sträucher, rechts ein moosbewachsener Steinwall und links Prellsteine vor dem Abgrund. Die Silhouette eines alten Melkstands verkroch sich im letzten Tageslicht.

Ein leichter Luftzug war zu spüren, ansonsten aber war es vollkommen still. Die Dämmerung sickerte langsam die Talsenken und Lehnen empor.

Ich kam an einem Felssporn vorbei hinunter zu einer Brücke. Der kleine Fluss schäumte in weißen Stromschnellen zwischen den Steinen. Es war, als lebte er ein hektisches, freudvolles Leben, bevor der Sommer kam und ihn trockenlegte.

Von hier aus konnte ich zwischen Bergrücken und Gebirgszügen hindurch bis hinunter zum See sehen, der wie schwarz-weißer Lack glänzte. Der Mond war nun nicht mehr so bescheiden. Sein kalkweißes Licht kämpfte einen siegreichen Kampf gegen die letzten flammenden Tageslichtstreifen im Westen.

Ich lehnte mich an das Brückengeländer und spürte das trockene, leicht splittrige Holz auf den Händen. Es erinnerte an feines Sandpapier und sonnengebräunte Haut.

Wie einsam man werden kann in so einer Landschaft!

Dieser Abend auf der Brücke erscheint mir wie eine große Leere. Ich dachte vermutlich keinen einzigen Gedanken, war aber erfüllt von einer verzweifelten Einsamkeit, die mich fast erstickte. In der Bibel gibt es etwas namens Mondsucht. So musste das sein.

Marit?

Nein, sie war nicht in meinen Gedanken.

Es war dunkel, als ich zurückging. Das Licht in einem der Fenster dort oben war das Einzige, was ich von der Hütte sah, und das Hotel spiegelte sich wie ein Vergnügungsdampfer im Wasser.

Ich ging direkt ins Zimmer hinauf und ließ mir eine Flasche Portwein bringen, die ich bezahlte. Wollte sie nicht auf der Rechnung haben.

Ich trank ohne Freude, aber die unglückselige Leere wich einer gewissen Zufriedenheit.

Inzwischen – nachdem die gerichtspsychiatrischen Sachverständigen mich von oben bis unten durchwühlt und entschlüsselt haben – weiß ich ja etwas mehr über Melancholie und Alkohol. Überhaupt weiß ich jetzt besser über mich selbst Bescheid und über den schicksalsträchtigen Hexentanz, in den ich hineingezogen wurde. Aber das ist leider eine etwas späte Erkenntnis.

Als ich etwa die Hälfte der Flasche getrunken hatte, sagte ich mir:

Du brauchst den Kopf nicht hängen zu lassen. Du siehst gut aus. Du hast eine Ausbildung. Du bist nicht dazu verdammt, dein ganzes Leben in einer Werkstatt zu stehen. Das ist nur ein Übergang. Du wirst es noch weit bringen, ohne Rücksicht auf irgendwen oder irgendwas. Solche Scheißtypen wie dieser Direktor werden nicht bis in alle Ewigkeit auf dich herabsehen wie auf einen armseligen Lohnsklaven. Du wirst nicht dein ganzes Leben voller Dankbarkeit dafür verbringen, ein paar schäbige Kronen zu verdienen, nur weil so Leute wie er keine Lust haben, hinterm Lenkrad zu sitzen.

Nein, zum Teufel.

Und sie!

Mit ihr war es übrigens nicht so einfach. Wenn ich ehrlich war, hatte sie streng genommen nichts anderes getan, als mich zu bitten, mir ihr Auto anzusehen. Eigentlich war es wohl mein Fehler, dass ihre Brüste und ihr großer, roter Mund mich verfolgten.

Aber ich war an dem Abend nicht in der Stimmung, mir eigene Fehler einzugestehen. Es passte mir so viel besser in den Kram, mich selbst als einen begehrten Mann zu sehen.

– und unter Alkoholeinfluss schlug die Melancholie des Angeklagten oft in grenzenlose Selbstüberschätzung um –

Ich trat ans Fenster und versuchte, zur Hütte hinaufzusehen, obwohl ich wusste, dass das nicht möglich war. Eine zitternde, fröstelnde Erregung überkam mich. Es hätte nicht viel gefehlt und mir hätten die Zähne im Mund geklappert.

Ich zog mich aus und ging ins Bett. Und ich hatte schmutzige, wohlige Gedanken, weil ich jung und kräftig und betrunken war.

Ich hatte vergessen, das Rollo herunterzulassen, und das Licht weckte mich viel zu früh.

Die leere Weinflasche stand wie eine dunkle Anklage auf dem Tisch, aber die Erinnerung an den gestrigen Tag tat mir trotzdem gut. Ich habe es mir nun einmal angewöhnt, zwischen Licht und Dunkel zu schwanken, all das, was am Abend davor an mir genagt und mich bedrückt hatte, war ausradiert. Beim Rasieren pfiff ich vor mich hin und dachte mit einer gewissen Nachsicht an den armen pessimistischen Tropf, der im Mondschein herumgelaufen war und ein solches Theater veranstaltet hatte.

Die wenigen Gäste, die bereits den Weg in den Speisesaal gefunden hatten, konnten von Neuem feststellen, dass ich kein Kostverächter war. Und ein dürrer, rotäugiger älterer Herr fragte mich freundlich, wie lange ich zu bleiben gedenke. Fast fühlte es sich an, als wäre ich bei den lokalen Freimaurern aufgenommen worden. Das führte dazu, dass ich an einigen der Personen, die mich am Abend zuvor noch an Mumien erinnert hatten, menschliche Züge entdeckte.

Der Vormittag verging mit geschäftigem Treiben und Geplauder auf der Veranda und im Garten. Es war nicht wenig unterhaltsam, diesen angejahrten Menschen bei den Vorbereitungen für ihre vormittägliche Expedition in die Natur zuzusehen. Die Anhänger winddichter Kleidung waren entschieden in der Überzahl, obgleich wohl auch solche darunter waren, die sich kühn mit einem Wollschal begnügten. In einer Art ungleichmäßiger Karawane wanderten sie die Straße hinauf und demonstrierten die Variationen der eleganten Sportbekleidungsmoden der letzten dreißig Jahre. Reine Männerkolonnen und fast reine Damenkolonnen strebten schon zu Beginn auseinander, und lange vor dem Mittagessen kamen sie denselben Weg wieder zurückgezockelt. Es erweckte fast den Anschein, als hätten die Frauen den Marsch gewonnen. Sie waren bei der Rückkehr eindeutig die Ersten über der Ziellinie, was aber vermutlich daran lag, dass sie eine kürzere Strecke gewählt hatten. Die Rüstigsten unter den Herren, die sozusagen unbekanntes Terrain erforscht hatten, kamen zum Schluss und setzten die Wanderstiefel auf die Erde wie frischgebackene Rekruten. Lautstark und heiter berichteten sie von ihren Taten, während bewundernde Ehegattinnen warnende Bemerkungen über Blutdruck und scharfe Bergluft abgaben.

Woher kam die Freude, die ich darüber empfand, mir diese trotteligen Museumsgegenstände anzusehen?

Ich weiß nicht, ob ich mir dessen damals bewusst war, aber jetzt bin ich es jedenfalls: Sie hatten Grund, mich zu beneiden.

Ich war jung.

Wie vereinbart, ging ich um die Mittagszeit zur Hütte hinauf.

Aus reiner Neugier versuchte ich, etwas von der Erregung vom Abend davor in mir heraufzubeschwören, aber ich war vollkommen ruhig und gefühllos. Sogar als sie mir mit einem korrekt freundlichen Lächeln die Tür öffnete, hatte ich mich vollständig unter Kontrolle.

Rentoft erhob sich aus einem Stuhl am Fenster.

»Wir genießen zum Abschied noch ein Gläschen«, sagte er und deutete auf zwei Weingläser auf dem Tisch. »Sie bevorzugen vielleicht nur eine Tasse Kaffee, wo Sie doch fahren?«

Er sagte das mit einer jovialen Selbstsicherheit, der es nicht an Freundlichkeit fehlte.

Ich setzte mich, und sie schenkte mir ein. Es folgte eine kurze Pause, wie sie gerne entsteht, wenn ein Fremder hereinplatzt, und wir füllten sie gewissenhaft mit Geschirrklimpern und dem Weiterreichen eines Zündholzes.

»Ja, wir werden nur zu zweit sein auf der Heimfahrt«, sagte er. »Meine Frau bleibt noch eine Zeit hier oben. – Und du bist dir sicher, dass du dich auch nicht langweilen wirst allein?«, fügte er, an sie gewandt, hinzu.

»Dann kann ich ja als Ausweg immer noch runter in die Stadt fahren«, sagte sie in einem Ton, der zum Ausdruck brachte, sie käme hervorragend zurecht, auch ohne dass sich jemand um sie sorgte.

Sie blies den Rauch aus den Nasenlöchern und warf den Blick weit, weit hinunter ins Tal.

Plötzlich breitete sich eine Spannung um uns herum aus. Ich war nicht Teil davon, konnte sie aber spüren.

Er stand auf und rannte herum und sammelte verschiedene Dinge für seinen Koffer zusammen.

»Vergiss mal nicht dein Rasierzeug.«

Sie sagte das gewiss, um nett zu ihm zu sein, aber in ihrer Stimme lag eine müde Gleichgültigkeit.

Ich hörte ihn etwas murmeln, und hinter mir ging eine Tür.

Sie saß vor dem Fenster und sah hinaus. Ihr Profil zeichnete sich klar und schön vor den blauen Gardinen ab. Ihr Gesichtsausdruck war abwesend und ihre Augen gegen das Sonnenlicht fast geschlossen.

Plötzlich wandte sie sich an mich:

»Wie hatten Sie es im Hotel?«

»Danke, gut, aber das Durchschnittsalter war etwas hoch für meine Begriffe.«

Sie lachte:

»Das ist ein verdammtes Altersheim geworden.«

Mit einer jähen Bewegung zerknickte sie eine halb gerauchte Zigarette im Aschenbecher. Sie stand auf und trat ans Fenster. Leise und irgendwie zu sich selbst, aber mit Nachdruck auf jedem Wort, sagte sie:

»Im Grunde ist es ziemlich langweilig hier.«

Sie drehte sich um und sah mich einen Augenblick an, bevor sie ins Nebenzimmer ging.

Ich hörte sie dort drinnen miteinander reden, verstand aber nicht, was sie sagten.

Es war ein nettes Kaminzimmer. Das Mobiliar war eine Mischung aus alten Bauernmöbeln und modernen Gegenständen, aber sie passten sehr gut zusammen. In der einen Ecke stand eine alte Uhr und zerhackte die Zeit in vergängliche Sekunden. Sie war eine fleißige Zeitmaschine, denn sie hatte schon fast viereinhalb Stunden zunichtegemacht.

Ich mag solche Uhren nicht, wenn sie denn gehen. Sie erinnern so lauthals und hartnäckig an die Zeit und den Tod. Ich stand auf und öffnete die Tür, die das Pendel abdeckte. Sowie ich sie angehalten hatte, kam *sie*.

Ich spürte das Blut in meinen Schläfen kribbeln.

»Ich habe sie angehalten«, sagte ich trotzig. »Ich mag solche Uhren nicht.«

»Soso«, sagte sie, blieb stehen und schaute mich an. Ihre Lippen waren leicht geöffnet, und ich sah ihre glänzenden Zähne. In ihren Augen lag strahlende Verwunderung:

»Wieso mögen Sie sie nicht?«

»Sie erinnern mich daran, dass ich Zeit verschwende.«

Sie kam ein paar Schritte näher. Ich hatte mich nicht vom Fleck gerührt und stand noch immer leicht gebeugt mit der Hand am Pendel. Mein Herz hämmerte und hämmerte.

Wie eine Uhr, dachte ich. Das ist doch absolut lächerlich.

Rentoft kam herein.

Sie wandte sich zu ihm:

»Sie ist stehengeblieben.«

»Hm, aha. Du hast ja bestimmt noch eine andere Uhr. Oder vielleicht können Sie sie reparieren?«

Er sah unglaublich albern aus.

»Nein, leider. Ich bin kein Uhrmacher«, antwortete ich und schloss die Tür.

Sie lächelte ihm leicht höhnisch zu:

»Ich werde die Zeit bestimmt auch ohne sie vergehen lassen können. Bist du fertig?«

»Ja, wir müssen zusehen, dass wir loskommen.« Plötzlich war eine Heiterkeit über ihn gekommen, die nicht natürlich wirkte.

Ich ging zur Tür, wusste nicht recht, ob ich der Abschiedsszene beiwohnen sollte oder nicht, aber sie kamen mir nach, beide, als hätten sie Angst, allein zu bleiben.

Draußen im Kühlen umarmte er sie sanft:

»Mach's gut, meine Liebe. Ich werde dir schreiben.«

Er küsste sie leicht auf die Wange, während sie zum Dach hinaufsah, als ob sie Regen erwarte.

Als ich ihr zunickte, lächelte sie fröhlich, und ihre Augen wurden zwei Striche.

Wir hatten unser erstes kleines Geheimnis.

Die ganze Fahrt runter in die Stadt saß er neben mir auf dem Beifahrersitz. Sein reserviertes Verhalten war wie ausgelöscht. Er redete in einer Tour. Es wirkte, als würde das Schweigen ihn nervös machen.

Alles, was er sagte, unterstrich er dadurch, dass er ständig mit der linken Hand herumruderte – in der anderen hatte er die ganze Zeit eine Zigarette.

Worüber er redete?

Nein, daran erinnere ich mich nicht, aber es kam mir so

vor, als wolle er mir imponieren. Es stand vermutlich eher schlecht um seine Selbstsicherheit.

»Meine Leute. Meine Verbindungen. Als ich zuletzt in London war. Ein Frühling in Paris.«

Es summte mir in den Ohren. Und ab und zu flocht er den Namen von irgendeinem Freund oder Kollegen ein. Natürlich kannte ich keinen von ihnen, wovon er ja ausgehen musste, aber es waren alles Leute, die *zählten*, Leute, von denen alle wissen sollten, wer sie sind, vor denen die Kellner in Reih und Glied katzbuckeln und die so viel Geld besitzen, dass sogar ihre Flegelhaftigkeit eine ehrenvolle Erwähnung findet.

Ich war kein dankbares Publikum und sagte zu allem nur Ja und Amen, was ihm aber vermutlich nicht auffiel. Er glaubte vielleicht, es hätte mir die Sprache verschlagen, weil ich davon genau so beeindruckt war, wie er es sich wünschte.

Ich musste die Straße im Auge behalten und konnte sein zufriedenes Gesicht nur erahnen, dessen Wangen auf dem Kragen auflagen. Hin und wieder bot er mir eine Zigarette an, und es ekelte mir jedes Mal vor seinen dicken weißen Händen.

Sie musste ihn des Geldes wegen geheiratet haben.

Als er auf das Thema Autos zu sprechen kam – selbstverständlich hatte er alle Marken besessen, die einer Erwähnung wert waren –, konnte ich eine Frage loswerden, die mir schon auf der Zunge gelegen war, seit ich mich ins Auto gesetzt hatte:

»Fahren Sie selbst nicht?«

»Nein, zurzeit nicht.« –

Er wirkte verlegen und schwieg einen Moment.

»Saublöde Geschichte letztes Jahr. Ich war auf einer Party und fuhr mit meiner Frau nach Hause. Da knallt mir so ein Idiot rein. Und ich also mit ein ein paar Whisky-Sodas zu viel. Sie haben mir einundzwanzig Tage ohne Bewährung aufgebrummt und mir den Führerschein abgenommen. Die Leute, die solche Fälle behandeln, machen ja keinen Unterschied zwischen einem Mann, der ein paar Drinks vertragen kann, und irgendeiner dahergelaufenen Schnaps-nase.«

Während er das erzählte, merkte er allmählich, dass er sogar mit dieser Geschichte seine souveräne Überlegenheit in allen Lagen demonstrieren konnte.

»So musste ich also auf ›Geschäftsreise‹ gehen, wenn Sie verstehen, und verbrachte drei friedliche Wochen in der Strafvollzugsanstalt Eidsberg – ungestörter Aufenthalt auf dem Lande, wie es heißt.«

Er lachte ein leicht keuchendes Lachen.

»Dort unten habe ich übrigens einen Freund von mir ge-troffen – einen Schiffsreeder –, der im selben Auftrag dort war, und wir haben zusammen Domino gespielt. War ziem-lich gemütlich.«

Er zündete sich mit der alten Zigarette eine neue an und warf den Stummel aus dem Fenster.

»Ich komme gut ohne den verdammten Führerschein zurecht, aber es ist ein Ärger, dass es weder Recht noch Ordnung gibt in diesem Land.«

Er fing an, über Politik zu reden. Ich hörte nicht so genau hin, denn Politik hat mich nie interessiert, aber so viel ver-stand ich immerhin, dass der Staat durch und durch verdor-ben sei und jemand einmal gründlich aufräumen müsse. Er selbst sei kein Nationalsozialist, aber man müsse schon zugeben, Hitler habe Deutschland wieder in Schwung gebracht.

»Ich war auf der letzten Warenmesse in Leipzig. Die ganze Propaganda gegen die Nationalsozialisten ist von vorne bis hinten erlogen, das habe ich mit eigenen Augen gesehen. Arbeitsfreude, Ordnung und Qualität prägen das neue Deutschland. Wir mögen die Uniformen und das alles vielleicht belächeln, aber das passt eben zu den Deutschen. Und *uns* schadet es ja nicht.«

Etwas Ähnliches hatte ich schon oft in den Zeitungen gelesen, deshalb wusste ich, wo er seine unumstößlichen Meinungen herhatte. Und es ärgerte mich gewaltig, wie er dasaß und mich mit Schlagzeilen belehrte, als enthielten sie eine Art höhere Wahrheit, die ausgerechnet er entdeckt hatte.

Ich wünschte, er würde den Rand halten.

Der Motor summte in seinem gleichmäßigen, zuverlässigen Wohlklang.

Für die meisten Menschen ist ein Auto nur ein Fahrzeug. Sie setzen sich hinein, drücken auf Knöpfe und betätigen Griffe. Dann läuft das Auto, und das ist eine nützliche und angenehme Art der Fortbewegung.

»Praktisch ist das mit so einem Auto«, sagen sie. Falls sie denn überhaupt etwas sagen.

Aber ein Auto hat eine Seele, sofern man sich nur darauf versteht, mit ihr in Kontakt zu treten. Die tausend einzelnen, kleinen Präzisionsteile im Motororganismus sind wie die Zellen eines Körpers – sie besitzen den harmonischen, inneren Zusammenhang, der dem Prinzip »Einer für alle, alle für einen« unterworfen ist.

Sogar wenn ich wie jetzt hinterm Lenkrad sitze, kann ich

vor mir sehen, wie das Benzin lebensspendend in den Organismus sickert, in einer uneigennützigen Kraftentfaltung explodiert und die emsigen Kolben ihre monotone Melodie hämmern lässt.

*

Es war noch hell, als wir auf den Vorplatz in der Madserud Allé bogen.

Ich stellte das Auto in die Garage, und Rentoft bezahlte mich. Großzügig. Aber sowie das Dienstmädchen herauskam, um ihm mit dem Koffer zu helfen, nahm sein Gesicht wieder den überlegenen, reservierten Ausdruck an.

Ich ging den Drammensveien entlang und merkte, dass die Stadt zwei gute Tage verlebt hatte, während ich weg war. Der Flieder hatte langsam zu blühen begonnen, und die Blätter waren dichter und schwerer geworden. Der Osloer Sommer hatte jetzt ernsthaft begonnen.

Es war ein warmer Tag gewesen. Der Geruch nach Asphalt und Benzin hing noch immer über den Straßen, auf denen schöne junge Menschen in langsamem Sonntagstempo dahinschlenderten.

Zum ersten Mal seit fast zwei Tagen tauchte Marit in meinen Gedanken auf. Ich sehnte mich nach ihr und begann, schneller zu gehen. Vielleicht würde sie heute Abend vorbeikommen. Vielleicht war sie *jetzt* gerade da. Ich nahm die Straßenbahn vom Frogner plass nach Majorstua, um rechtzeitig zu Hause zu sein.

Aber sie war nicht da. Ich warf mich auf den Diwan und versuchte, ein bisschen zu lesen, konnte mich aber nicht konzentrieren.

Es ging auf zehn Uhr zu, und sie kam nicht. Ich zog mich an und ging aus, trieb mich in den Straßen herum und landete vor dem Haus, in dem sie wohnte.

Sie war nicht daheim, doch als ich wieder hinunterging, bildete ich mir von Neuem ein, *jetzt* gerade sei sie bei mir zu Hause.

Was für ein Mist, dass die Leute kein Telefon haben.

Auf dem Nachhauseweg lief ich mehr, als dass ich ging. Auf den letzten Treppenstufen hatte ich keine Puste mehr und musste mich an die Wand lehnen, um wieder zu Kräften zu kommen, bevor ich die Schlüssel heraussuchen konnte.

Sie blieb in dieser Nacht bei mir.

Wenn ich an das Geschehene zurückdenke, sehe ich nicht immer mit derselben Klarheit, was wesentlich ist und was belanglos. Oft habe ich das Gefühl, das, was unsere Handlungen eigentlich antreibt, sei ein Netz aus Zufällen, bei dem eine kleine, fast unsichtbare Masche wichtiger sein kann als die großen dicken. Aber ich weiß, so ist es nicht. Die Vernunft sagt mir, dass das, was wir Zufälle nennen, Glieder einer langen, unabwendbaren Kausalkette sind.

Ein Windhauch, ein Duft oder ein Geräusch sind an sich ungefährliche Dinge, können aber im richtigen Zusammenhang ausschlaggebend sein für das, was mit uns geschieht. Und wir sind ihnen wehrlos ausgeliefert, weil wir die ihnen innewohnenden Kräfte nicht kennen.

Ich kann keine vernünftige Erklärung dafür geben,

warum ich jeden Frühling das Gebiet um Smestad für einen bestimmten Duft aufsuche. In meinem ersten Jahr hier habe ich mich abends oft in dieser Gegend herumgetrieben. Ich mochte es, herumzulaufen und mir die Häuser und Gärten anzusehen.

In einer Frühlingsnacht geriet ich plötzlich in den Duftgürtel eines so intensiven Wohlgeruchs, dass ich stehen blieb, um ihn mit dem ganzen Körper zu erfassen. Er war so gewaltig und überwältigend, dass ich mich nicht vom Fleck rühren konnte.

Ich blieb stehen, bis ich keinen Duft mehr wahrnahm. Es war, als hätte ich alles aus der Luft um mich herum verschlungen.

Ich ging ein Stück die Straße hinunter und langsam wieder zurück. Und wieder war der Abend für mich von diesem starken, anregenden Duft erfüllt. Ein weiteres Mal blieb ich stehen, bis er verschwunden war. Und ein ums andere Mal ging ich die Straße auf und ab. Am Ende konnte ich den Geruch ganz genau lokalisieren und wusste, wie viele Schritte zwischen den Außengrenzen des über die Straße ziehenden Duftgürtels lagen. Wie ich ebenfalls herausfand, durfte ich innerhalb dieses Bereichs nicht anhalten, denn dann gewöhnte ich mich an den Duft, und er verschwand. Hin und her gehen musste ich – langsam.

Ich war in glänzender Stimmung und glücklich an jenem Abend, als ich wieder in die Stadt hinunterschlenderte.

Damals kannte ich den Namen der Pflanze nicht, aber später habe ich erfahren, dass er Geißblatt lautet, und ich finde, der Name passt gut.

Die Blüten selbst habe ich nie gesehen. Die Hecken stehen so dicht und hoch auf beiden Straßenseiten, aber ich weiß, wenn ich bergauf gehe, kommt der Duft von rechts, und beim Bergabgehen von links.

Vierzehn Tage nach der Valdres-Tour trieb ich mich wieder einmal hier oben herum. Es war früher Abend und noch ganz hell. Ich wusste, ich würde den Geißblattduft erst in der Dämmerung erwarten können, aber ich hatte mir vorgenommen, zuerst noch eine Weile die Straße hinaufzuspazieren.

Als ich gerade ein Streichholz anriss, um mir eine Zigarette anzuzünden, glitt ein Auto langsam an mir vorbei und hielt an. Ich erkannte es sofort wieder.

Die Tür ging auf, und das Erste, was ich von ihr sah, waren ihre Haare, die gewissermaßen aus dem Wagen herausfielen. Sie warf sie sich aus dem Gesicht und lächelte mich an:

»Einsamer Abendspaziergang?«

Ich grüßte und ging zum Auto, stellte einen Fuß aufs Trittbrett und beugte mich währenddessen zu ihr. Damals wunderte ich mich eine Sekunde lang über die Selbstsicherheit, die ich ihr gegenüber empfand – es war ein ganz neues Gefühl. Jetzt weiß ich, dass es mit dem neuen Sommeranzug zu tun hatte.

»Ich suche nach einem Geruch«, sagte ich, »aber es ist noch zu früh.«

Sie lachte:

»Inzwischen habe ich schon einige Seiten von Ihnen kennengelernt. Sie sind unverschämt zu jungen Damen, mögen keine tickenden Uhren, und Sie sammeln Gerüche. Gute Gerüche, hoffe ich?«

»Geißblatt«, antwortete ich. »Außerdem kann ich auch sehr höflich sein.«

Ich bot ihr eine Zigarette an und zündete sie für sie an.

»Springen Sie rein, dann fahren wie eine Runde, während wir auf das Geißblatt warten.«

Ich stieg ein und setzte mich neben sie:

»Hat es Ihnen nicht gefallen in Valdres?«

»Nein, es war kalt und regnerisch. Und ich stimme Ihnen zu: Das Durchschnittsalter war zu hoch!«

Sie fuhr schnell, aber beeindruckend sicher. Ich merkte sofort, dass sie eins war mit dem Wagen.

»Sie fahren rücksichtslos, aber gut«, stellte ich fest.

Sie warf mir einen schnellen, leicht überheblichen Blick zu.

»Das tue ich immer. Das ist das Einzige, von dem ich weiß, dass ich es kann, Sie müssen also keine Angst haben.«

Ihre langen, nervösen Finger lagen locker am Lenkrad. Sie hatte einen leicht angespannten Ausdruck im Gesicht, und ihr Mund leuchtete rot auf ihrer blassen Haut.

»Die Gäste des ›Altersheims‹ hielten Sie für einen sympathischen und attraktiven jungen Mann, habe ich gehört«, sagte sie in ironischem Ton.

»Der erste Eindruck ist manchmal der richtige«, entgegnete ich. »Es kommt ein wenig darauf an, wie man selbst behandelt wird.«

»Wir haben eine falsche und eine richtige Seite, meinen Sie?«

Sie legte den Kopf schief und sah mit einem koketten Lächeln zu mir auf, ein bisschen zu kokett und ein bisschen zu schmeichlerisch. Aber, du lieber Himmel, wie wunderschön sie war!

»Ja, wenn Sie so wollen«, antwortete ich.

In dem Augenblick hätte ich auf alles Mögliche mit »Ja« geantwortet.

»Wann dürfen wir erwarten, dass das Geißblatt sich meldet?«

Sie bog auf das Plateau vor dem Restaurant am Frognerseteren ein, ließ den Motor aber laufen, lehnte sich im Sitz zurück und bohrte zwei große Augen in mich.

Sie ähnelte plötzlich einem neugierigen Kind, das mir ein Geheimnis entlocken wollte.

»Nicht vor der Dämmerung.«

»Dann gehen wir rein und essen eine Kleinigkeit. Nicht?«

Es war, als würde sie mich um einen Gefallen bitten, und es gefiel mir.

Wir bekamen einen Fensterplatz draußen auf der Glasveranda und bestellten belegte Brötchen und Rotwein.

Über dem Ekebergåsen und der Oststadt schien immer noch die Sonne, aber auf dieser Seite lag die Stadt in braunen, grauvioletten Schatten, die die Konturen verwischten. So entstand eine Art verkehrte Perspektive in der Landschaft. Das Ferne wurde scharf und nah, und das Nahe verschwamm in diesigen Farbflecken.

Wir hatten nicht so viel, worüber wir uns unterhalten konnten. Deshalb redeten wir die ganze Zeit. Das Gespräch bestand aus einer Art Anhäufung selbstverständlicher und allgemeiner Dinge, die auf ein gegenseitiges Wohlwollen hindeuteten. Wir hatten es nett, so wie immer, wenn man einen Menschen mag, ohne ihn zu kennen. Alles, was wir sagten, war neutrales, unpersönliches Geplauder ohne doppelten Boden. Die Wörter waren noch keine Waffen geworden, und wir hatten noch nichts zu verteidigen oder zu rächen.

Als sich allmählich ein milder Rotweinrausch meldete, überkam mich die Lust, ihr näherzukommen. Ich war noch genug bei Sinnen, um mich im Zaum zu halten, auf jeden

Fall aber bekam die Unterhaltung nach und nach den Charakter eines vorsichtigen Flirts. Sie mochte es und war fröhlich und bezaubernd und mitunter schlagfertig.

Die einzige Verstimmung, die mir von diesem Abend im Gedächtnis geblieben ist, eignet sich lediglich als Erklärung dafür, was für ein Dummkopf *ich* sein kann:

Zwei junge, geölte Herren, die mit etwas zu müden Augenlidern und etwas zu schlaffen Mundwinkeln durchs Lokal gingen, grüßten sie kameradschaftlich. Und sie war wie ein einziges großes, herzlich erwidertes Lächeln.

Mehr passierte nicht, doch das genügte, eine Saite in mir zu berühren, die einen kurzen, schrillen Ton von sich gab.

Sie bemerkte nichts, und ich vergaß es sofort wieder.

Als wir auf die Treppe hinauskamen, schlugen uns die Lichtschimmer der Stadt und die feuchte, tauschwangere Luft entgegen.

Ich holte tief und demonstrativ Luft.

»Ich spüre, das Geißblatt wartet auf uns.«

Sie lachte ein kurzes Lachen und spazierte zum Auto. Sie hatte den Kopf gesenkt, als würde sie über etwas nachdenken, vielleicht aber schaute sie nur ihre Schuhspitzen an, die in der Abenddämmerung weiß leuchteten. Sie sahen aus wie Tauben.

Am Auto drehte sie sich zu mir um:

»Sind Sie auch noch Lyriker?«

»Nein, aber ich habe als Kind neben einer Gärtnerei gewohnt, deshalb habe ich schon früh Blumenkohl von Lilien zu unterscheiden gelernt.«

Ruhig glitten wir die Straße hinter den vor uns herjagenden Lichtkegeln hinab.

»Sie sollten jetzt vorsichtig fahren«, neckte ich sie. »Vergessen Sie nicht, Sie haben Promille.«

Sie schnaubte verächtlich.

»Merken *Sie* mir etwas an?«

»Nein, aber jemand anderes könnte Ihnen reinfahren, und das wäre genauso schlimm. Ihr Mann hat mir erzählt, welches Pech *er* hatte.«

Das war das erste Mal, dass ihr Mann zur Sprache kam, und ich war ein wenig gespannt, wie sie darauf reagieren würde.

»Ach, die Version haben Sie also gehört. Stellen Sie sich vor, ich habe damals gar nichts von einem Zusammenstoß gemerkt! Ich bin danach zwar einen ganzen Monat im Krankenhaus gelegen, aber ich glaube, mich nicht zu täuschen, wenn ich sage, dass er am Steuer eingeschlafen und regelrecht von der Straße abgekommen ist, und dann haben wir uns überschlagen. Er ist übrigens auch im nüchternen Zustand ein lausiger Fahrer«, fügte sie hinzu.

»Sie dürfen nicht so respektlos über Ihren armen Ehemann sprechen, der zu Hause sitzt und auf Sie wartet.«

»Ich denke nicht, dass er besonders zu bedauern ist. Er ist in Amerika und vermisst mich sicher nicht.«

Ich wäre kein Mann, wenn dieser Satz nicht gewisse Gedanken bei mir ausgelöst hätte. Und wir schwiegen beide, bis ich sie aufforderte, anzuhalten.

»Hier ist es, wir müssen aussteigen.«

Die Luft war mild, aber ich zitterte am ganzen Körper und merkte, wie sie neben mir fröstelte, als wir die Straße entlanggingen.

Ihr Hand ruhte federleicht auf meinem Arm, und ich hatte das Gefühl, wir gingen beide mit geöffneten Sinnen.

Zuerst bemerkten wir den Duft nur wie eine leise Ahnung, dann füllte er uns ganz aus, und wir gingen langsam weiter, bis er sich hinter uns verlor.

»Herrlich«, flüsterte sie, als wir kehrtmachten und wieder zurückgingen, und erneut kamen wir in den betörend starken Blütenduft.

Wir hielten gleichzeitig an. Ihr blasses Gesicht war zu mir nach oben gewandt.

Gedanken fuhren mir durch den Kopf, unzusammenhängend und flimmernd wie Filmausschnitte, die in rasendem Tempo abgespielt werden.

Das Bild steht mir noch heute klar vor Augen:

Zwei Menschen in einer stillen, blau-grauen Straße mit nachtvioletten Bäumen rundherum, durch die da und dort weiß die Häuser hindurchschimmerten.

Ihre Küsse konnten Tote erwecken.

Ohne ein Wort zu wechseln, stiegen wir ins Auto. Einzig das wilde Aufheulen des Motors durchbrach die Stille.

Mein Gesicht fühlte sich auf einmal so hager und scharf an, und ich spürte einen Schmerz in der Brust und in der Magengegend. Ein Nachtfalter, der unglücklicherweise ins Auto gelangt war, kämpfte energisch, aber vergeblich, um durch die Windschutzscheibe zu kommen.

Wir waren in wenigen Minuten da. Sie sprang schnell aus dem Auto, blieb stehen und sah mich an. Ich ging langsam um den Wagen herum auf sie zu.

Hand in Hand gingen wir die Steintreppe hinauf. Ruhig – fast zögerlich – suchte sie den Schlüssel heraus und sperrte auf. Der Flur und die Halle waren dunkel. Bläuliches Licht fiel durch die Fenster, die hoch oben an der Wand saßen.

Direkt hinter der Tür stieß ich gegen einen Schrank oder eine Truhe, und sie nahm wieder meine Hand.

Still und vorsichtig zog sie mich hinter sich her. Ich ging so dicht hinter ihr, dass ich ihre Haare an meiner Wange und am Kinn spürte.

»Da ist die Treppe«, sagte sie.

Ich legte meinen Arm um ihre Taille, und Seite an Seite gingen wir nach oben. Nach einigen wenigen Stufen gelangten wir auf einen Absatz und gingen nach rechts weiter. Das durch die Fenster einfallende Licht machte sich hier deutlicher bemerkbar, und ich erkannte eine breite, massive Treppe. Die Messingstangen, an denen der Läufer befestigt war, funkelten leicht.

Im Obergeschoss war es stockfinster, aber ich merkte, dass wir einen langen Korridor entlanggingen. Sie öffnete eine Tür, und das blasse Zwielicht einer weißen Inneneinrichtung fiel uns entgegen.

Ohne ein Wort zu sagen, blieben wir gegenüber voneinander stehen. Ihre Silhouette hob sich scharf vor dem Fenster ab. Es war unmöglich, ihre Gesichtszüge zu erkennen, aber ich hörte sie schnell und keuchend atmen.

Ich war kurz davor, von einer zitternden Schwäche übermannt zu werden, die ich dadurch linderte, indem ich sie auf das große, breite Bett warf.

Hart und brutal, ohne Liebkosung, nahm ich sie.

»Ich wusste, du bist so. Ich wusste, du bist so«, flüsterte sie, während sie mir mit dem Mund übers Gesicht strich.

Danach lag sie ganz still.

Ihr Gesicht war halb von mir abgewandt, aber ich sah, dass ihre Augen geschlossen waren. Es war jetzt so hell geworden, ich konnte das Blut in ihrer Halsschlagader pochen sehen.

Ich grub meine Finger in ihre schweren, blonden Haare und spielte damit. Sie drehte sich um und streichelte mir über die Stirn. Um ihren Mund lag ein Anflug von etwas, das einem Lächeln ähnelte, das aber etwas anderes war, etwas, das ich nicht verstand.

Ich öffnete ihre Bluse und küsste ihre rechte Brust, die sich in meine Richtung aufstellte. Ihre Zunge spielte an meiner Schläfe.

Langsam – um meine Kräfte zu sammeln und meine Macht über sie zu genießen – pflückte ich ihr die Kleidung vom Leib. Sie war ganz passiv, fügte sich aber mit trägen Bewegungen. Die ganze Zeit hatte sie diesen seltsamen Anflug eines Lächelns um den Mund, und ich konnte nicht sehen, was sich hinter ihren Augenstrichen verbarg.

Sie lag mit seitlich ausgestreckten Händen da, und ihre langen Glieder schimmerten wie Perlmutt auf der nachtblauen Decke, die über das Bett gebreitet war.

»Mach schnell«, sagte sie mit fremder, rauer Stimme.

Ich strampelte mir die Klamotten ab und war im selben Augenblick in ihr.

Am nächsten Tag lief ich anfangs wie in einer Art Fieberwahn umher. Freude und Angst durchliefen mich in abwechselnd steigenden und sinkenden Wellen. Ich spürte, wie das gesicherte Dasein, das ich um mich herum aufgemauert hatte, zu zerbröckeln begann.

Diese Frau, die ich nur deshalb flachgelegt hatte, um mich vor mir selbst zu behaupten und sie zu demütigen, war in einer einzigen Nacht zu einer Krankheit in meinem

Körper geworden. Plötzlich, mitten durch das Öl und das Benzin hindurch, nahm ich ihren Geruch so stark um mich herum wahr, dass ich befürchtete, auch meine Arbeitskollegen würden ihn bemerken. Ein paarmal hatte ich Thoresens listige Augen auf mir, während ich nur dastand und mit dem Werkzeug herumspielte.

Ich sagte, dass ich krank sei, und ging um eins nach Hause. In Majorstua schaute ich in einem Schnapsladen vorbei und kaufte mir eine Flasche Cognac.

Ich köpfte die Flasche und warf mich auf den Diwan, ohne mich vorher umzuziehen.

Die Sonne strahlte gerade durch die Fenster und warf lange gelbe Spiegel über den Fußboden. Vor den Fenstern summte weit entfernt die Stadt im aufgeregten Frühnachmittagstreiben.

Marit fuhr einen Moment durch meine Gedanken wie ein wütender Anfall von schlechtem Gewissen, wurde aber gleich wieder beiseitegefegt. Ich war viel zu aufgeregt und verwirrt, um mit mir und meinem Verhalten abzurechnen.

Wieder und wieder durchlebte ich die letzte Nacht. Nicht, dass sie sich mir hingegeben hatte, verwirrte mich. Auch nicht, was sie im Laufe der Nacht alles zu mir gesagt hatte. In solchen Situationen kann einem ja so allerhand einfallen, was man normalerweise nicht sagen würde.

Aber heute Morgen hatte sie mich hart und brutal geweckt und mich aufgefordert zu gehen.

Ich war von einer trägen Zufriedenheit ausgefüllt und fasste nach ihr, um sie näher an mich heranzuziehen. Da stieß sie mich weg und zog demonstrativ den Morgenmantel über ihren Brüsten zusammen. Ihre Augen waren von einer glasartigen Härte.

»Beeil dich. Geh. Ich war dumm. Geh! Geh!«

Sie blieb mitten im Zimmer stehen und fingerte nervös und ungeduldig an einer Stuhllehne herum.

Als mir endlich aufging, dass das ein regelrechter Rausschmiss war, sah ich auch das schmerzlich Komische meiner Person, deren gespreizte Zehen und haarige Brust unter der Decke hervorschauten.

Ich fühlte mich um einiges besser, nachdem ich aufgestanden war.

»Die Dame möge mir verzeihen«, sagte ich und machte ein paar Kniebeugen. »Ich muss hier falsch sein.«

»Kannst du mir nicht den Gefallen tun und dich beeilen? Verstehst du nicht, dass du draußen sein musst, bevor die Hausmädchen aufstehen?«

Sie war blass, und ich konnte ihre Nasenflügel zittern sehen.

»Ich hatte geglaubt, ich wäre eingeladen, aber vielleicht ist Ihnen ja auch ein Fehler unterlaufen. Der richtige Mann im richtigen Bett ist wohl eine Seltenheit heutzutage.«

Mit jedem der Kleidungsstücke, die ich mir in aller Ruhe der Reihe nach anzog, spürte ich den Zorn in mir wachsen. Ich konnte gut verstehen, weshalb ich vor dem ersten Hahnenschrei aus dem Haus sein musste, aber es war ja wohl nicht nötig, mich rauszuwerfen wie eine x-beliebige Nutte. Fehlte nur noch, dass sie mir Bezahlung und Geld für ein Taxi anbot.

Ich kämmte mir sorgfältig die Haare vor dem großen Frisierspiegel. Der Bart war im Laufe der Nacht blauschwarz zum Vorschein gekommen.

»Ich sollte mich rasieren, aber dafür ist vermutlich keine Zeit«, sagte ich und band mir den Schlips.

Sie stand noch immer da und fingerte an der Stuhllehne

herum. Ihr Gesichtsausdruck war hart und gequält. Als ich mir das Sakko anzog, ging sie vor mir zur Tür. Ihre Schultern waren leicht angehoben, und es schien, als wären alle Muskeln ihres Körpers unnatürlich angespannt.

Heute bekam ich einen besseren Eindruck von dem Wohlstand, der in dem Haus herrschte, als bei unserer Ankunft. Schwere Eichenschränke und Truhen standen aufgereiht in der Halle, und die Wände waren mit Gemälden und Kupferstichen behängt. Im Treppenaufgang hingen alte Waffen dicht aneinandergedrängt, von Hellebarden bis hin zu Donnerbüchsen. Wir gingen lautlos über die weichen Teppiche.

Sie begleitete mich bis zur Eingangstür. Ich schob mir den Hut weit in den Nacken, lehnte mich gegen den Türstock und setzte währenddessen ohne Schwierigkeiten einen Gesichtsausdruck auf, von dem ich dachte, dass er meine Meinung über sie recht deutlich zum Ausdruck brachte.

Als ich mich zum Gehen wandte, legte sie mir plötzlich eine Hand auf den Arm:

»Sei nicht böse auf mich«, sagte sie.

Sowohl ihre Stimme als auch der Ausdruck in ihrem Gesicht überrumpelten mich völlig. Ich nahm den Hut ab, und wir blieben stehen und sahen einander in die Augen, bis sie die Tür zufallen ließ.

Ich wünschte, sie hätte das nicht gesagt. Es wäre so viel leichter gewesen, sich einfach nur ungerecht behandelt zu fühlen.

Ich stand auf und begann mich umzuziehen. Wollte Marit heute nicht treffen. Musste draußen sein, bevor sie vorbeikam.

Die zur Hälfte geleerte Cognacflasche stellte ich auf den

Boden des Kleiderschranks. Beim Hinunterbeugen spürte ich, dass ich leicht schwankte. Ich hatte den ganzen Tag noch nichts gegessen, da war es nicht verwunderlich, dass der Cognac Wirkung zeigte.

Ich ging zum Essen rüber ins »Den gamle Major«. Die Urlaubsstimmung, in die mich das Krankfeiern versetzt hatte, musste ich aufrechterhalten. Bier und ein paar Klare lösten ein dösiges Wohlbefinden in mir aus, in dem sich die Gedanken in dünnflüssigen Strömungen miteinander verbanden.

Es gab nicht wirklich einen Grund, den Kopf hängen zu lassen.

*

Als ich wieder draußen auf der Straße stand, war es noch immer früher Nachmittag. Die Sonne überschwemmte stille Straßen.

Eine Weile lang lief ich nur herum. Nach Hause konnte ich nicht gehen. Dort saß vermutlich Marit und wartete auf eine Erklärung. Sie hatte mich seit zwei Tagen nicht gesehen und nichts von mir gehört. Das war seit unserer Verlobung gewiss noch nie vorgekommen. Weil wir beide so einsam waren hier in Oslo, hielten wir zusammen. Jetzt fiel mir übrigens auf, dass ich seit unserer Verlobung noch einsamer geworden war. Davor hatte ich zumindest zwei, drei Freunde gehabt, mit denen ich öfter zusammen gewesen war. Jetzt, da ich ein Bedürfnis nach Gesellschaft hatte, wusste ich nicht einmal mehr, wo sie wohnten.

Früher oder später würde ich Marit wohl irgendeine Lügengeschichte auftischen müssen, aber nicht heute. Heute war ich mutig genug, feige zu sein.

Ich landete im Zentrum und spürte, wie ausgetrocknet mein Hals war.

Da begegnete ich Åge Dahl, der zusammen mit mir auf der Mittelschule gewesen war. Er saß allein im »Skansen« und hatte es sich in einem fröhlichen, stillen Rausch gemütlich gemacht.

Ganz offensichtlich wünschte er Gesellschaft, und weil ich selbst so verflucht allein war, setzte ich mich zu ihm. Im Grunde hatte ich ihn eigentlich nie gemocht.

Er gehörte zu der Sorte, die reibungslos und mit einem Lächeln durch alle Lebenslagen flutschen. Keiner von uns hatte geglaubt, er würde das Examen bestehen, aber er selbst hielt es für eine Selbstverständlichkeit, durchs Nadelöhr zu schlüpfen. Er hatte einen guten Riecher und verstand sich darauf, das Wenige, das er konnte, clever einzusetzen.

Ich hatte seit zwei oder drei Jahren nicht mehr mit ihm gesprochen, ihn aber hin und wieder gesehen. Er war von Mal zu Mal fülliger geworden und hatte sich immer schicker und stutzerhafter gekleidet.

»Alles klar bei dir?«

Die Frage gefiel ihm, sie gefiel ihm insofern, als sie auszudrücken schien, bei ihm liefe alles wie geschmiert.

»Ich kann mich nicht wirklich beschweren.«

Im selben Moment kam eine Kellnerin vorbei, und er bestellte zwei Whisky-Soda.

»Und du, was treibst du so?«

Er musterte mich mit wohlwollendem Interesse. Wenn ich ihm jetzt hätte antworten können, ich sei Fabrikbesitzer oder Schiffsreeder, wäre das richtig langweilig für ihn gewesen, doch als er hörte, dass ich in einer Werkstatt arbeitete, wurde er großzügig in seiner herablassenden Freundlichkeit.

»Dann musst du armer Teufel dich vermutlich für jede Øre abrackern. Ich verstehe nicht, wie jemand wie du, der so schlau und in allem so gut war, nicht was Lukrativeres findet.«

»Stell dir vor, mir gefällt die Arbeit«, sagte ich ärgerlich.

Das war eine gottverdammte Lüge, aber ich ertrug sein aufgeblasenes Mitleid nicht.

»Die Frage ist nicht, ob man eine Arbeit mag oder nicht. Das Entscheidende ist, ob sie eine Zukunft hat. Kurz und gut, ob sich Geld damit machen lässt. Ein Stunden- oder Tageslohn reicht gerade einmal für den Lebensunterhalt. Es geht darum, genügend zu verdienen, damit noch etwas Geld übrig bleibt, das man in profitable Geschäfte investieren kann. Die Arbeit an sich mag in einzelnen Fällen vielleicht zu Wohlstand führen, aber nur Geld kann Reichtum und Überfluss schaffen.«

Er machte eine ausholende Handbewegung und trank wie ein Finanzmagnat.

»Und was hast du also getan, um dieser Wirtschaftstheorie gerecht zu werden?«

Wieder stellte ich genau die Frage, die er sich erhofft hatte. Ich merkte, dass ich langsam betrunken wurde, und ärgerte mich immer mehr über seine schmierige Überheblichkeit.

»Hab angefangen, Autos auf Provisionsbasis zu verkaufen. Die gingen weg wie die warmen Semmeln. Ich habe mir einige Kronen zur Seite gelegt, die ich in eine Autoverwertung investiert habe. Das Geld, das ich da hineingesteckt habe, hat sich schon im ersten Jahr vervielfacht, und jetzt gehört mir der Laden ganz allein. Nebenbei arbeite ich weiter als Autoverkäufer. Hier in die Stadt gibt es so viele Leute, die aus reiner Eitelkeit jedes Jahr das neueste Modell haben wollen, dass ich sozusagen meine fixen Kunden habe.«

Mit einem kurzen, vertraulichen Nicken zur Kellnerin bestellte er noch zwei Whisky-Soda.

»Aber weißt du, ich gebe das Geld schon auch *aus*«, fügte er mit einem vielsagenden Grinsen hinzu.

Es gelang ihm nicht ganz, sein vulgäres Äußeres zu verstecken, aber er hatte es erfolgreich an seine Rolle als junger Selfmade-Businessman angepasst. Ich konnte deutlich vor mir sehen, wie er sich glatt und mühelos, mit seiner eleganten Kleidung und seiner lautstarken Selbstverständlichkeit, durch das Dickicht des Geschäftsdschungels boxte.

»Du sollst keine Ausgaben meinetwegen haben«, sagte ich. »Ich bezahle selbst.«

»Unsinn, ein paar Whisky-Soda unter alten Freunden sind nicht der Rede wert.«

Der Rausch brach in schweren Wellen über mich herein und ließ die Wut schneller ansteigen, als die Gedanken folgen konnten.

»Wir sind keine alten Freunde, und ich will dir nichts schuldig sein. Du bist ein verdammter Scheißkerl.«

Er saß eine Weile nur da und sah mich mit seinen kleinen schwarzen Augen an:

»Du kannst mich nicht leiden, weil du neidisch bist. Ich habe alles, was du dir wünschst, aber nie erreichen kannst, weil dir die Fantasie und der Schneid dazu fehlen. Du bist ein unzufriedener 0815-Typ, der es genießt, eine große Klappe zu riskieren, wenn er besoffen ist. Leute wie du, die keinen Alkohol vertragen, sollten der Abstinenzbewegung beitreten und mit Stricken anfangen.«

Er nahm einen kräftigen Schluck und knallte das Glas auf den Tisch, während er überheblich die Augen über die Nachbartische gleiten ließ. Das sollte eine höfliche Art darstellen, mich zum Gehen aufzufordern.

Ich trank aus und warf einen Zehner auf den Tisch:

»Behalt den Rest und investier ihn in lukrative Geschäfte.«

Ich spürte, dass ich leicht schwankte, als ich zwischen Gesichtern und Blumenkästen hindurchlavierte, aber es war nicht so schlimm, dass ich meinen Körper nicht unter Kontrolle gehabt hätte.

Es war halb zehn. Weiß Gott, wie es schon so spät geworden war, aber mein Körper war müde und das Hirn träge. Es wäre lächerlich gewesen, sich in der Stadt herumzutreiben, nur um Marit aus dem Weg zu gehen. Früher oder spürte musste ich sie sowieso treffen. Ich wollte heim.

Sie war da gewesen.

Auf dem Tisch lag ein kurzer Brief von ihr. Was treibst du? Wo bist du die letzten Tage gewesen? Warum hast du nichts von dir hören lassen?

Ich las die Fragen wieder und wieder. Und plötzlich ging mir auf, dass es unmöglich war, eine vernünftige Antwort darauf zu geben. Nicht einmal mir selbst gegenüber konnte ich diese Fragen zufriedenstellend beantworten. Es *war* einfach so. Die Dinge ereigneten sich um mich herum, und ich war in ihrem Strudel gefangen.

Marit?

Sie gehörte nicht mehr demselben Strudel an wie ich. Deshalb würde sie auch die ehrlichste Erklärung, die ich ihr liefern könnte, nie verstehen.

Das festzustellen, war eigentlich eine große Erleichterung.

AUS DEM PSYCHIATRISCHEN GUTACHTEN

Von der Familie des Probanden *ist mütterlicherseits nichts Abnormes bekannt. Ein Onkel des Vaters war geisteskrank, ansonsten gibt es von väterlicher Seite keine psychopathische Vorbelastung.*

Der Prob. ist Einzelkind. Eine Schwester, eine Frühgeburt, verstarb bereits im Säuglingsalter. Die Mutter starb an Lungenentzündung, als er sieben Jahre alt war. Zwei Jahre später ging der Vater seine zweite Ehe ein, und der Prob. wurde größtenteils von seiner Stiefmutter aufgezogen. Das Verhältnis zu ihr in seiner Kindheit und Jugend war gut.

Infolge einer Appendizitis wurde 1932 eine Operation durchgeführt, ansonsten war er stets bei guter Gesundheit. Die Frage nach Geschlechtskrankheiten beantwortete er mit Nein. Die Wassermann'sche Reaktion war negativ. Er ist sehr kräftig gebaut.

In der Volks- und Mittelschule war er tüchtig und fiel durch gutes Betragen auf. Auch an der O.T.S. war er ein tüchtiger und interessierter Schüler und legte ein sehr gutes Examen ab. Die in der Beobachtungszeit durchgeführte Intelligenzmessung zeigt, dass seine Intelligenz etwas über dem Durchschnitt liegt.

Im Kindes- und Jugendalter war er von freundlichem und zuverlässigem Charakter, aber von aufbrausendem Gemüt. Er konnte hitzköpfig und unbeherrscht sein, doch die Wut ging bald vorüber, und er zeigte Reue. Trotz seines hitzigen Gemüts soll er freundlich zu anderen Kindern gewesen sein und sie nicht angegriffen haben.

Er selbst gibt zu, »jähzornig, aber nicht nachtragend« zu

sein. Generell scheint er ein gutmütiges, gewinnendes Wesen zu haben. Von seinen Kameraden an der Technischen Schule und den Kollegen in der Werkstatt wurde er gemocht. Seine frühere Verlobte charakterisiert ihn als nett, ruhig und umgänglich – insgesamt ein »guter Junge«. Sie hat nie eine Erklärung dafür bekommen, warum er sie verlassen hat. Er sei einfach fortgeblieben und habe Begegnungen mit ihr vermieden. Ganz allgemein zeigte er eine Neigung, sich Auseinandersetzungen und schweren Entscheidungen zu entziehen.

Als ich ein paar Tage später nachmittags aus der Werkstatt kam, stand ihr Auto ein Stück entfernt oben in der Straße. Ich drehte mich um, ging in die entgegengesetzte Richtung und hörte sie den Motor starten. Sie fuhr ein Stück an mir vorbei und hielt am Straßenrand.

Würde mich die Frau denn niemals in Ruhe lassen?

Nein, würde sie nicht.

Als ich auf Höhe des Autos ankam, kurbelte sie das Fenster herunter.

»Ich muss mit dir reden. Bitte, lauf nicht weg.«

Es war ein Flehen. Ich blieb stehen und schaute in ein Gesicht, das vor Nervosität und Verzweiflung ganz durchsichtig wirkte.

»Was ist es denn diesmal, der Vergaser oder die Zündung? Heute ist übrigens schon Dienstschluss.«

Ich stand da mit den Händen in der Tasche, schwarz und dreckig, fühlte mich der Situation aber gewachsen.

»Quäl mich nicht. Du weißt genau, dass ich nicht deshalb gekommen bin.«

»Dann vielleicht, um mir zu erklären, dass wir zusammen Kinder haben werden.«

Sie holte tief Luft und biss sich auf die Lippen, um sich zu beherrschen.

»Du brauchst mich nicht zu demütigen. Das tue ich schon selbst. Wenn ich dich darum bitte, kannst du nicht so nett sein und mich mit dir reden lassen?«

Ich spürte allen Widerstand aus mir heraussickern, als ich ihr in die Augen sah.

»Was willst du?«

»Setz dich rein.«

Sie machte die Tür auf, und ich setzte mich neben sie.

»Können wir zu dir fahren?«

»Gern.«

Auf der Fahrt, die nur wenige Minuten dauerte, fiel kein Wort zwischen uns. Sie war jetzt ruhiger und so wunderschön, dass ich nicht fassen konnte, sie in meinen Armen gehalten zu haben.

Ich ging vor ihr die Treppe hinauf.

Was, wenn Marit jetzt kommt? Sie kommt nicht. Außerdem ist das nur ein Traum.

Doch als ich mich auf dem Absatz im ersten Stock umdrehte, war die große, helle Gestalt direkt hinter mir. Wie ein Hund. Nicht schlecht, so eine Privatchauffeurin, die dich vom Arbeitsplatz heimkutschiert.

Sie setzte sich auf den Stuhl am Fenster. Ich bot ihr eine Zigarette an und nahm mir selbst ebenfalls eine. Es war schwer, eine Stelle zu finden, wo ich mich mit den dreckigen Arbeitsklamotten hinsetzen konnte, weshalb ich mich direkt gegenüber von ihr auf die andere Tischseite stellte. Eine alberne Position, fand ich. Es sah aus, als sollte ich einen Vortrag halten, aber eine andere Stelle fand ich nicht.

Sie war jetzt völlig ruhig. Ich war es, der nervös und außer sich war.

»Du hältst mich wahrscheinlich für hysterisch«, sagte sie und warf den Kopf leicht zurück. »So, wie ich dir hinterherrenne. Aber ich will die Karten auf den Tisch legen. Du hast mich – ja, lass mich das sagen – sehr beeindruckt bei unserer ersten Begegnung. Ich weiß nicht, wie ich das erklären soll. Kurz und gut, du musst mir einfach glauben, wenn ich sage, es war so. Du hast stärker, gesünder, primitiver gewirkt als, ja –, es war, als wärst du in mich eingedrungen, als ich dich das erste Mal gesehen habe. Und ich hatte das unbestimmte Gefühl, dass du etwas Ähnliches empfunden hast. Ich musste ständig an dich denken, und am Ende habe ich mich selbst davon überzeugt, dass du nur einen kleinen Anreiz brauchst. Dann habe ich alles durch diesen fatalen Fehler mit dem Verbindungskabel vermasselt. Und so, wie du reagiert hast, habe ich mich gedemütigt und beschämt gefühlt. Als ich an dem Tag mit deinen höhnischen Worten in den Ohren aus der Werkstatt fuhr, war mir verdammt klar, dass ich mich lächerlich gemacht hatte. Und ich habe es zutiefst gehasst.«

Sie machte eine kurze Pause und sah aus dem Fenster. Halb zu sich selbst sagte sie:

»Du musst mich ja für verrückt halten.«

Dann fuhr sie fort:

»Ich war fest entschlossen, mich keinen weiteren Demütigungen auszusetzen. Dann kam die Valdres-Tour. Du musst mir glauben, wenn ich sage, das war nicht von mir arrangiert. Hätte ich vorher gewusst, dass du uns chauffieren würdest, wäre aus der Reise sicher nichts geworden. Zum Glück habe ich dich durch das Fenster zum Hof entdeckt, wodurch mir noch etwas Zeit blieb. Ich habe mich ziemlich gut beherrscht, findest du nicht?«

Sie lächelte, aber mir fiel nichts ein, was ich darauf entgegnen konnte.

»Du hast das nicht einmal halb so gut hingekriegt. Du hast ausgesehen wie eine Donnerwolke. Ich habe wirklich befürchtet, du würdest wieder etwas Unangenehmes sagen!

Ja – und dann also die Sache mit der Wanduhr. Die ist mir schon immer auf die Nerven gegangen, wenn ich dort oben war, aber mein Mann muss sie jedes Mal gleich anwerfen, wenn wir dort sind. Ich war dankbar dafür, dass du sie angehalten hast. Ich hoffe doch, das ist dir aufgefallen?«

Ich merkte, dass ich leicht nickte, und sah, dass sie das freute.

»Aber ich hätte nicht gedacht, dass diese Kleinigkeit zu einer Sympathie zwischen uns führen würde. In dieser Hinsicht war ich von jedem Optimismus geheilt. Dass ich vorgestern oben in Smestad an dir vorbeigefahren bin, war reiner Zufall. Ich war niedergeschlagen und habe mich einsam gefühlt, und da suche ich gerne Zuflucht im Auto, das mir in solchen Stunden der beste Trost ist. Du kannst mir glauben, ich war ganz schön nervös, als ich angehalten habe!«

Sie unterbrach sich und warf erneut einen Blick aus dem Fenster. Ihre Unterlippe war ein wenig nach vorn geschoben und der Kopf leicht zur Seite geneigt. Ich konnte ihr ansehen, dass sie an diese Begegnung zurückdachte und daran, was wir in jener Nacht zusammen erlebt hatten.

Ich weiß nicht, wie lange sie so dasaß. Ich war in einer merkwürdigen Stimmung, wie man sie manchmal erlebt, wenn man sieht, wie die Rädchen ineinandergreifen und endlich ein Problem gelöst ist, an dem man lange gearbeitet hat.

Als sie sich wieder zu mir wandte, lag eine neue Unruhe in ihren Augen, und es schien mir, als fiele es ihr schwer, fortzufahren. Sie saß plötzlich klein und zusammengesunken auf dem Stuhl und schaute zu Boden.

Ich bekam Lust, zu ihr hinzugehen und ihre Haare zu streicheln.

Mit einer Stimme, die ich von weit unten aus einem großen, dunklen Gewölbe heraufholte, hörte ich mich sagen:

»Du brauchst dich für nichts zu entschuldigen.«

»Doch, ich bin unglücklich über die Art und Weise, wie wir gestern auseinandergegangen sind. Ich war so nervös und ängstlich, und dann wurde mir plötzlich klar, dass ich dir einen Grund geliefert hatte, mich wirklich zu verachten. Da ist nur eine Sache, die ich dich fragen will:

Hast du nur deshalb mit mir geschlafen, weil ich mich dir sozusagen angeboten habe? Hast du nicht irgendwie einen Drang verspürt, der dich speziell zu mir hingezogen hat?«

Sie sah mich mit einem kindlich-fragenden Blick an, bei dem sich alles in mir zusammenkrampfte.

»Ich weiß es ehrlich gesagt nicht. Ich glaube, in erster Linie habe ich wohl schon an deinen Körper gedacht. Und dann hatte ich auch eine Art Rachedurst. Ja, ich wollte dir demonstrieren, dass du deine Spielchen mit mir nicht treiben kannst, ohne etwas dafür zu bezahlen. Es war eine Art Triumph, dass du damit nicht durchgekommen bist. Aber nach dem Rauswurf gestern hatte ich das Gefühl, als hättest doch du gewonnen. Du hast mich dazu gebracht, einen Dienst abzuleisten – und mich dann hinausgeschmissen. *Ich* war es, der gedemütigt wurde.«

Eigentlich hätte ich ihr das ja gern auf ganze andere Art gesagt, aber sie hatte eine Art Ehrlichkeitsanspruch in mir ausgelöst, dem ich nicht entkam. Wir spannten uns gegenseitig auf die Folter.

Sie blickte auf. Leise, fast gehaucht, sagte sie:

»Und jetzt – danach –?«

Ich drückte die Zigarette an der Ofentür aus:

»Seither bin ich nur mehr durcheinander.«

»Bedeute ich dir etwas?«

»Etwas, aber ich weiß nicht, was. Du bist anders, als ich geglaubt habe.«

»Anders als deine Verlobte?«

»Ich bin vermutlich nicht mehr verlobt.«

Wir schwiegen eine ganze Weile. Die Sonne war vom Dach direkt über der Straße aufgefangen worden, und das Zimmer hatte einen dunkleren Farbton bekommen. Die grässliche Tapete kratzte nicht mehr in den Augen.

Plötzlich fiel mir die Cognacflasche ein, die ich im Schrank stehen hatte:

»Willst du einen Drink?«

Ihr Gesicht hellte sich auf, aber ich konnte nicht richtig einschätzen, ob sie sich auf den Drink oder über meine Stimme freute.

Ich holte die Flasche und Gläser. Wir setzten uns einander gegenüber an den großen Tisch mitten im Zimmer.

»Zum Wohl. Dann können wir ja zumindest Freunde sein«, sagte ich und tat mein Bestes, einen fröhlichen Ton anzuschlagen.

Sie sah mich nur mit einem leichten Lächeln an.

Ich zündete eine Zigarette für sie an, und hinter einer blauen Rauchwolke sagte sie:

»Ich habe Angst, dass du nichts mehr mit mir zu tun haben willst. Liebst du mich denn nicht ein klitzekleines bisschen?«

»Dich lieben? Das ist ein großes Wort. Dazu müsste man sich wohl erst einmal kennen. Ich glaube, es wäre sogar unehrlich von mir zu sagen, dass ich in dich verliebt bin; aber vielleicht könnte ich – wie du – sagen, dass ich ständig an dich denken muss. Heute mag ich dich richtig gern – und finde dich wunderschön!

»Wärst du vielleicht gewillt, ein wenig Zeit für mich zu opfern?«

»Habe ich mich denn so wenig willig gezeigt?«

»Nein, aber ich glaube, du hältst mich für ein Flittchen. Ich hatte schon so einige Männer, ja – zu viele, würden die meisten finden –, aber seit gestern ist das alles vergessen. Du bist der Einzige – das schwöre ich –, der in meinem Körper geblieben ist. Was ich beim letzten Mal zu dir gesagt habe, das habe ich auch so gemeint.«

Es wurde still zwischen uns.

Ich wehrte mich:

»Du bist verheiratet«, sagte ich. »Gut verheiratet. Du hast eine Stellung in der Gesellschaft. Willst du das alles herschenken, indem du ein Verhältnis mit mir anfängst?«

Sie zuckte mit den Schultern:

»So viel würde ich da gar nicht herschenken. Meine Ehe ist fast nur mehr eine Gewohnheit, der sowohl mein Mann als auch ich schon seit Langem überdrüssig sind. Kinder haben wir ebenfalls keine. Und wenn du mit Stellung Geld meinst – das gehört in erster Linie *mir*.«

Ich saß nur da, sah sie an und wusste, meine Verteidigungsanlagen waren allesamt in Trümmer gelegt worden.

»Wenn du das Risiko eingehst, ich kann es jederzeit«, sagte ich.

Sie erhob sich aus dem Stuhl und kam zu mir herüber.

»Sei vorsichtig. Ich bin voller Öl und Dreck«, sagte ich.

Sie schenkte dem keine Beachtung, sondern kroch auf meinen Schoß und küsste mich. Ich spürte, wie ihre langen, spitzen Nägel in meine Nackenhaut eindrangen. Ich zog sie ganz nahe zu mir heran. Dunkle Flecken blieben von meinen Fingern auf ihrer Bluse zurück, als ich sie ihr herunterriss, und eine aufbrausende Ungezügeltheit raubte mir jede Beherrschung.

Ich hob sie hoch und trug sie zum Diwan.

»Das wird mir niemand nehmen – niemand nehmen«, flüsterte sie.

Hinter meinen geschlossenen Augenlidern flimmerten rote und violette Schatten.

Ich bin jetzt allein mit den Erinnerungen aus jenem Sommer. Und selbst mir erscheinen diese Tage und Wochen nicht mehr wie eine eindeutige Wirklichkeit. Sie sind umgeben von einem strahlenden Licht, das blendet und mich erschreckt.

Blickten Adam und Eva nicht weinend auf das verlorene Paradies zurück?

Ich weiß, dass jede Bewegung, jeder Duft, jeder Ton und jeder kleinste Lichtreflex, der uns umgab, irgendwo tief in mir verborgen ist. Aber ich wage nicht, diese Dinge heraufzubeschwören.

Manchmal steigen Wörter, ein Gedanke oder ein Bild aus

meiner Erinnerung auf wie eine heiße, überschäumende Welle, die sich erst beruhigt, wenn sie durch meine Seele hindurchgerollt ist und sich im Zurückziehen neue Wege gebrannt hat. Dann bleibt der Schmerz zurück wie ein schrecklicher Druck in der Brust. Es ist, als wären meine Lungen explodiert.

Hin und wieder träume ich auch von ihr. Sie kann manchmal so lebendig und nah sein, dass ich die Wärme ihres Körpers spüren und die unsichtbar zarten Falten sehen kann, die von ihren Nasenflügeln zum Mund verlaufen. Immer strahlt sie vor Freude. Das Aufwachen ist die Hölle.

Davor war mein Leben ein geregelter Alltag mit Licht und Schatten gewesen. Die »großen« Ereignisse waren nie größer als das letzte, das immer das größte war. Ob es nun Freude hervorrief oder Kummer. Ich wusste, viele hatten ein erfüllteres Leben als ich, aber es gab auch so unendlich viele, die Grund hatten, mich zu beneiden. Das erzeugte eine Art Gleichgewicht.

In jenem Sommer verlor ich dieses Gleichgewicht. Ich blickte in ein gelobtes Land, von dem ich nicht einmal geträumt hatte. Noch heute ist es, als hätten sie und ich als Einzige dieses Land erblickt. Zwei Monate lang waren wir allein im ganzen Universum.

Liebe nennen es einige. Dieses abgedroschene Wort, das verschleiern soll, was die Menschen sich so alles ausdenken, um freudlos ihr Geschlechtsleben zu bestreiten. Der Wahrheit näher kommen trotz allem diejenigen, die es Sünde und Ehebruch nennen. Zumindest wissen sie, dass ein Mann und eine Frau bei dem jeweils anderen eine Kraft und ein Glück finden können, die sowohl für die Gesellschaft als auch für die Religion eine leibhaftige Bedrohung darstellen.

Beide fanden wir etwas von dieser Kraft und diesem Glück.

Eine Haarlocke neben dem Ohr, eine Art, die Zähne zu entblößen, der Rhythmus gespannter Muskeln unter sonnengebräunter Haut – weshalb sollte es so schmerzlich sein, daran zurückzudenken?

Nein, ich will nicht zurückdenken.

Zu der Zeit fing ich an, der Werkstatt fernzubleiben.

Zuerst blieb ich eine Woche lang weg und schob es auf eine Krankheit. Dann fing ich an, zu spät zu kommen, und machte ab und zu ein paar Tage blau.

Thoresens Augen folgten mir freundlich und voller Besorgnis. Er zog mich nicht mehr auf, war beinahe verlegen und sprach mich überhaupt nicht mehr an. Ich glaube, er hatte begriffen, was Sache war. Thoresen hatte einen guten Riecher und wusste immer alles. Er mochte ein gerissener Hund sein, aber er besaß auch eine Art Feingefühl, das ihm sagte, wann er den Mund halten sollte.

Ich kann nicht behaupten, in dieser Zeit groß von Nutzen gewesen zu sein. Oft war ich hundemüde, und meine Gedanken waren überall anders, nur nicht in der Werkstatt. Ich blieb meistens für mich und spürte eine wachsende Distanz zu meinen Arbeitskollegen. Auch sie zogen sich immer mehr von mir zurück, und ich konnte hin und wieder sehen, wie sie Blicke wechselten. Irgendwas wussten sie wohl, und den Rest konnten sie sich vermutlich zusammenreimen. Wahrscheinlich war es eine grobe Solidaritätsverletzung, ein Verhältnis mit einer reichen Frau einzugehen. Im Übrigen hatten sie nie einen besonderen Grund gehabt, mich als echten Klassenkämpfer anzuerkennen.

Als ich eines Tages wieder einmal eine Stunde zu spät aufkreuzte, spürte ich sofort, dass etwas nicht stimmte. Keiner sagte etwas, aber es lag ganz eindeutig in der Luft. Ein anderer war auf die Arbeit angesetzt worden, mit der ich tags zuvor noch beschäftigt gewesen war, und es sah nicht so aus, als ob er Hilfe von mir benötigte. Alle waren sie so merkwürdig mit ihren eigenen Dingen beschäftigt an diesem Tag. Sogar dort, wo zwei und zwei zusammenarbeiteten, hörte man nichts als die metallischen Geräusche der Werkzeuge.

Niemand beachtete mich, und der Vorarbeiter war nicht zu sehen.

Ich blieb in der Türöffnung zur Schmiede stehen. Das Gehämmer und der Lärm dort drinnen übertönten die wortlose Stille, die überall sonst in der Werkstatt herrschte. Es war, wie wenn man in sein Elternhaus zurückkehrt und einem alles anders vorkommt, obwohl nichts verändert wurde.

Seit fast zwei Jahren war das mein Arbeitsplatz. Ich hatte mich hier trotz allem ziemlich wohlgefühlt und war mit meinen Arbeitskollegen gut ausgekommen. Aber jetzt war es, als würde die gesamte Werkstatt mich abzuschütteln versuchen. Es war nicht nur Gleichgültigkeit, sondern aktive Feindseligkeit, die von diesen Wänden und Maschinen ausging. Und die Menschen hier, die sich über Motoren beugten und unter Karosserien krochen, verhielten sich solidarisch mit diesen Wänden und Maschinen – ihrem Arbeitsplatz.

Sie hatten keinen Grund, sich anders zu verhalten.

Irgendwie zufällig kam Thoresen an mir vorbei. Verlegen und unbeholfen blieb er neben mir stehen und blinzelte in die Schmiede hinein. Er räusperte sich und trippelte im Stand herum, bevor er endlich den Mund aufbekam. Halb an mir vorbei in die Luft sagte er:

»Hat mächtig Wirbel gegeben heute. Kristiansen hat schrecklich geflucht über deine Fehlstunden. Gerade ist er oben beim Werkmeister, und du musst wohl damit rechnen, dass er seinen Teil zu deiner Entlassung beitragen wird.«

Er hob plötzlich den Blick und richtete seine Augen direkt auf mich:

»Du weißt, wir anderen können in so einem Fall nicht groß was tun. Wir haben 'ne Weile darüber geredet, aber es wär bloß wie ein Schlag ins Wasser, in der Sache eine Aktion auf die Beine zu stellen. Aber wenn du willst, können wir Beschwerde einreichen – wir finden, es wäre schade, wenn du deine Arbeit verlierst.«

Ich spürte, dass es mich glücklich machte, was er sagte. Dass die anderen überhaupt darüber nachgedacht hatten, etwas für mich zu tun, erzeugte eine solche Wärme in mir, neben der die drohende Kündigung fast wie eine Lappalie wirkte. *Darauf* war ich ja schon lange vorbereitet gewesen, aber dass diese Jungs, mit denen ich nie näheren persönlichen Kontakt gehabt hatte, meinen Problemen einen Gedanken opferten, beeindruckte mich sehr. Ich hätte keine Solidarität von ihrer Seite verdient. Aber sie sahen das Ganze wahrscheinlich von ihrem Standpunkt aus: Für sie war die Arbeit ihre gesamte Lebensgrundlage. Ein Mann ohne Arbeit war ein Unheil, sowohl für sich selbst als auch für die Seinen.

Für mich war dieser Arbeitsplatz nicht mehr als eine Zwischenstation.

Plötzlich sah ich diese Jungs mit anderen Augen. Ihr mürrisches, leicht ablehnendes Verhalten war keine Abneigung, kein Mangel an Solidarität, sondern eine Art Schüchternheit. Es war ihnen peinlich, wie bescheuert sich einer ihrer Arbeitskollegen aufgeführt hatte. Und wir standen einander nicht nahe genug, als dass sie das lauthals hätten verkünden können.

Thoresen war stehen geblieben.

»Danke, dass du's mir gesagt hast«, sagte ich. »Es ist nett, dass ihr mir helfen wollt. Ihr seid verdammt ehrliche Burschen alle miteinander. Ich war dumm, aber für mich ist jetzt Schluss. Ich hab einen anderen Job in Aussicht, ich komme schon klar.«

Ich überquerte den Hof, um mit dem Werkmeister zu reden, der in der neuen Montagehalle einen Glaskäfig hatte.

Drüben beim Waschplatz stieß ich auf Kristiansen, den Vorarbeiter. Er schaute grimmig und verbissen drein. Seine Augenbrauen und der Bart gingen fast ineinander über und bedeckten sein ganzes Gesicht.

Als er mich sah, schnellten seine dicken Augenbrauen in die Höhe und offenbarten zwei Augen, die nicht einmal seine eigene Mutter als freundlich gesinnt hätte bezeichnen können. Sein Gesichtsausdruck versetzte mich in gute Laune.

»Morgen, Kristiansen«, sagte ich.

Er hielt inne und starrte mich an.

»Pah.«

Er holte tief Luft, und ich sah, dass er nach Worten suchte, gleichzeitig aber um Zurückhaltung rang. Bei den kleinen Fragen des Alltags hatte er sonst keine Hemmungen, ein

Donnerwetter loszulassen, aber im Grunde seines Herzens war er gutmütig, Kristiansen. Das merkte ich jetzt. Sein innerer Kampf resultierte im Absinken seiner Augenbrauen. Er deutete mit dem rechten Daumen über die Schulter:

»Der Werkmeister will mit dir reden.«

Und im nächsten Moment ließ er sein Gepolter los über einen Laster, der ein wenig unvorsichtig auf die Hebebühne zurücksetzte.

Der Werkmeister hatte keine Schwierigkeiten, Worte zu finden. Er sah auf, als ich nach der Tür griff, legte zur Seite, womit er gerade beschäftigt war, und lehnte sich im Stuhl zurück:

»Sieh an, Sie sind also der Kerl«, sagte er.

Er holte ein Papier hervor, eine Übersicht über meine gesammelten Fehlstunden, wie ich schon erraten hatte. Die mürrische Falte, die von seinem rechten Nasenflügel zum Mundwinkel hinunterführte, wurde tiefer.

»Wir sind nicht mehr zufrieden mit Ihnen«, sagte er. »Uns ist nicht gedient damit —«

Ich unterbrach ihn:

»Das ist mir klar. Ich bin nur gekommen, um Ihnen zu sagen, dass ich heute aufhöre.«

Er sah auf und schwieg. Es schien mir, als ob er enttäuscht wäre. Wahrscheinlich hatte er erwartet, ich würde mit irgendwelchen Ausreden daherkommen und ihn anflehen, bleiben zu dürfen.

»So, Sie hören heute auf«, wiederholte er. »Ja, ja.«

Er legte das Papier weg und strich sich über die Backe, während er durch die Glaswand hinausschaute.

»Ja, ja. Ich sorge dafür, dass Sie sofort die Endabrechnung bekommen«, sagte er und rief vom Haustelefon die Zahlstelle an.

Am selben Tag kündigte mir auch meine Wirtin. Ich hatte den Eindruck, das sei eine Art Solidaritätshandlung gegenüber Marit, mit der sie ziemlich vertraut geworden war. Auf jeden Fall unternahm sie einen hilflosen Versuch, eine Grenze zu ziehen zwischen den verlobten Mädchen und allen anderen.

Wir tauschten einige höfliche Unfreundlichkeiten aus, und das Ganze endete damit, dass ich ein paar Tage später ins Hotel zog.

Diese Änderungen der äußeren Verhältnisse passten im Grunde gut zu der Aufbruchstimmung, die ich damals empfand. Ein derart verändertes Leben erforderte einen kompletten Szenenwechsel.

Ich hatte nicht viel Geld, aber wir lebten das Luxusleben, das ihre sehr beträchtlichen Finanzen zuließen.

Es machte ihr Freude, zusammen mit mir Geld auszugeben, und mich kostete es nichts, jene Abneigung zu überwinden, die Männer empfinden sollen, wenn sie sich von Frauen aushalten lassen. Das ist vermutlich eine Charakterschwäche, aber zu der muss ich mich wohl bekennen. Wenn sie als Zahlende keinen Wert darauf legte, kam es mir erst recht nicht in den Sinn, irgendwelche Einwände dagegen zu erheben. So absolut ohne Hintergedanken, wie unsere Beziehung verlief, spielte das Finanzielle für uns keine Rolle.

Jetzt bin ich mir selbstverständlich im Klaren darüber, dass ihr Geld eine Grundvoraussetzung war für das freie und ungezwungene Leben, das wir führten. Der Segen des Reichtums überkam mich zusammen mit jenem der Liebe. Ich wusste das alles zu schätzen, aber es war entschieden nicht das Geld, worauf ich bei ihr aus war.

Wir reisten viel in der Gegend herum und waren selten in der Stadt.

Tagsüber wohnten wir im Auto und stiegen für die Nacht in Hotels ab, wie es sich gerade ergab. »Herr und Frau Strøm«, schrieben wir in die Fremdenlisten. Sogar diese kleine, kindische Lüge war uns immer aufs Neue Anlass zur Freude.

Alles war neu. Die Landschaft, die Bäume, die Blumen, der Himmel – alles wurde so neu und unmittelbar von uns wahrgenommen, dass wir sogar in altbekannter Umgebung auf Entdeckungsfahrt gehen konnten. Und das Merkwürdige war, wir reagierten immer gleichzeitig und auf dieselbe Art auf alles, was wir sahen und erlebten. Und immer wieder ertappten wir uns dabei, gleichzeitig denselben Satz zu sagen.

Wenn Glücklichsein dasselbe bedeutet wie strahlende Fröhlichkeit, dann, glaube ich, waren wir glücklich in diesen kurzen Sommermonaten.

Ende September kam Rentoft nach Hause, und mit ihm kamen die Probleme.

Sie hatte mehrmals davon gesprochen, sie würde die Karten auf den Tisch legen und ihn dazu bringen, in die Scheidung einzuwilligen. Ich war nicht bereit, in dieser Sache Stellung zu beziehen. Eigentlich hatte ich Angst davor, irgendwelche Schritte zu unternehmen, die zu einer Veränderung in unserer Beziehung führen könnten. Der Gedanke an das ganze Theater rund um eine Scheidung schreckte mich ab, und ich war mir keineswegs sicher, ob eine Eheschließung die ideale Lösung wäre. Sobald wir erst einmal begonnen hatten, uns mit diesen Dingen auseinanderzusetzen, stellte ich fest, dass ich nicht an eine Dauerhaftigkeit unserer Beziehung glaubte.

Ich versuchte, es ihr auszureden. Zum ersten Mal mischte sich ein taktischer Aspekt in unsere Beziehung. Sie merkte es und war enttäuscht. Es kam zu keinem Streit, aber dann und wann machte sich eine verzweifelte Missstimmung zwischen uns breit. Plötzlich entstanden Pausen und Nuancen in unseren Gesprächen, die einen schmerzlichen, bitteren Unterton hatten. Wir fingen an, unsere Worte abzuwägen und an ihre Wirkung zu denken. Nicht mehr alles konnte so spontan gesagt werden wie früher, und mitunter verkniffen wir es uns, etwas zu sagen, was wir gern sagen wollten.

Wenn wir spürten, dass wir auf diese Weise entzweit wurden, suchten wir einander mit einer ausgeprägten Heftigkeit, und mehrere Tage und Nächte konnten wir uns einbilden, alles sei wie früher. Aber mit jedem Mal nahm die Unsicherheit zu. Wir wurden nervös und reizbar, und die unschuldigste Nebensächlichkeit konnte sich wie eine Mauer zwischen uns aufbauen.

Am Tag vor der Rückkehr ihres Ehemanns sprachen wir uns über alles aus. Sie überzeugte mich davon, es sei die Unklarheit in Bezug auf ihre Ehe, die sie nervös mache und unsere Beziehung zu zerstören drohe. Es sei besser, die Angelegenheit zu klären, sobald er zurück sei. Sie war sich sicher, alles würde glattlaufen, weil es ihm so gleichgültig war. Sobald wir beide freie Menschen wären, könnten wir offen und in aller Ruhe entscheiden, wie wir uns in Zukunft einrichten wollten.

Dagegen konnte ich keine berechtigten Einwände vorbringen. Sie war es ja, die den Kopf hinhalten mussten, und sie tat es meinetwegen. Ich wäre ein Schuft gewesen, wenn ich versucht hätte, sie zu überreden, eine Ehe weiterzuführen, die ihr auf die Nerven ging. Zudem, wurde mir plötzlich klar, konnte ich den Gedanken nicht ertragen, dass Rentoft etwas mit ihr zu tun hatte. Bei der Erinnerung an seine dicken, blassen, gut gepflegten Hände war die Sache für mich entschieden.

Wir feierten den Tag im »Dronningen«. Sie war aufgeregt und strahlte, und auf dem Heimweg im Auto lehnte sie sich an mich und flüsterte:

»Du bist mein Mann. Du bist mein Mann.«

*

Rentoft sollte am frühen Vormittag kommen, und ich blieb im Hotelzimmer, um auf ihren Anruf zu warten.

Ich war unruhig und wie benommen und begann auf die Uhr zu sehen, lange bevor das Schiff angekommen sein konnte. Keinen Augenblick wagte ich, mich vom Telefon zu entfernen. Saß da und bewachte den stummen schwarzen Apparat, während sich die Stunden dahinschleppten.

Was ich an diesem Vormittag alles verdrückt habe! Das Zimmermädchen schüttelte den Kopf über die vielen Brötchen, die ich zusammen mit enormen Mengen Kaffee vertilgte. Aber das ätzende Ziehen in der Magengrube legte sich nicht. Ich war wie ein unersättlicher Verbrennungsofen.

Für einen Moment schlief ich im Bett ein. Als ich aufwachte, stürzte ich zum Telefon und fragte in der Zentrale nach, ob ein Anruf für mich eingegangen sei. Natürlich nicht.

Ich las die Zeitungen von der ersten bis zur letzten Seite. Ich lief im Zimmer hin und her, stand am Fenster und beobachtete den Verkehr, legte mich aufs Bett und zählte die Blumen auf der Tapete, stand wieder auf, lief wieder herum, starrte aus dem Fenster, aß, trank Kaffee.

Die ganze Zeit stand der verfluchte Apparat da und grinste mich mit seinem toten Zahlenkreis an.

Die Sonne wanderte über den Fußboden. Es war lange her, seit sie das Fußende des Bettes verlassen hatte. Langsam glitt sie über den Fußboden, legte sich auf den Tisch und fraß sich bis zur anderen Wand weiter. Sie kroch die Wände hinauf, wurde eine Weile vom Spiegel reflektiert, lag eine Zeit lang auf den Handtüchern und verschwand über das Fensterbrett wieder hinaus. Es wurde grau im Zimmer, als der letzte Streifen draußen auf der Mauer erlosch.

Da klingelte das Telefon.

Ich blieb stehen und starrte es an, spürte, dass mein Mund trocken war, und bemühte mich angestrengt, mir die Lippen zu befeuchten, mit einer Zunge, die wund und ziegelsteintrocken war von Kaffee und Tabak.

Ihre Stimme war ruhig, sinnlos ruhig.

»Ich kann es doch nicht tun.«

»Was?«

»Das, worüber wir gestern gesprochen haben. Ich habe über alles nachgedacht. Es ist unmöglich, das mit uns kann nicht weitergehen.«

Ich musste mich mit beiden Händen am Tisch festhalten, um nicht zusammenzusacken. Ich war groggy und sprachlos.

»Hallo. Hallo! Bist du noch da?«, hörte ich am anderen Ende der Leitung.

Ich riss mich mit aller Gewalt zusammen. Es war, als wollte mein Atem die Lungen sprengen, und das Herz hatte sich in der Brust aufgehängt.

»Ja, ich – bin noch – da«, sagte ich mit fremder, gebrochener Stimme. »Was um alles in der Welt ist passiert? Es kann sich doch in wenigen Stunden nicht alles geändert haben?«

»Nichts ist passiert.« Ihre Stimme war müde und tonlos. »Ich kann es ganz einfach nicht. Das mit uns kann nicht weitergehen.«

»Hast du – hast du vor, bei ihm zu bleiben?«

»Ja.«

»Ja, aber was in aller Welt hat denn alles auf den Kopf gestellt, worüber wir gestern gesprochen haben? Du – du kannst doch nicht im Laufe einer einzigen Nacht ein völlig anderer Mensch geworden sein.«

»Ich weiß nicht. Vielleicht doch.«

Ihre kurzen, gleichgültigen Antworten ließen den Zorn in mir hochkochen.

»Das ist verrückt. Du musst wahnsinnig sein.«

Ich schrie in den Hörer:

»So können wir nicht auseinandergehen. Wir werden uns doch wohl treffen und das ordentlich besprechen dürfen.«

»Ich glaube, es ist das Beste, wenn wir uns nicht mehr sehen.«

Genau so muss es sein, zu ertrinken. Man fällt und fällt, während es einem um die Ohren herum rauscht und brodelt, und die Augen fassen das Ganze als eine Art verkehrten Regen auf.

Ich legte den Hörer auf. Mein erster Gedanke war, dass ich jetzt Luft brauchte. Ich warf mir die Jacke über und stürzte hinaus.

Ich ließ den Verkehr hinter mir und lief durch stille, ausgestorbene Straßen. Ich erinnere mich, dass ich vor einem Zaun in der Nähe von St. Hanshaugen innehielt und in einen überwältigenden herbstlichen Garten hineinsah. Da fiel mir auf, was für ein schöner und klarer Abend es war. Und später – da ging es schon weit in den Abend hinein – war ich an einem Automaten in der Akersgata und trank mehrere Tassen Kaffee. Ich hatte wunde Füße und alle meine Glieder waren taub.

Ansonsten sind mir von diesem Abend nur Gedanken in Erinnerung geblieben. Das heißt: Es waren keine Gedanken, sondern eine Reihe von Vorstellungen und Impulsen rasselte mir durchs Hirn und legte sich wie der Druck einer ganzen Sandgrube auf meine Brust.

Immer wieder fragte ich mich, was in sie gefahren war. Es ging so weit, dass ich überlegte, ob ich das ganze Telefonat bloß geträumt hatte. Dann brach der verletzte Stolz in Wellen über mich herein, und ich verfluchte sie und wünschte aufrichtig und inbrünstig, sie möge zur heißesten, schwärzesten Hölle fahren. Kein Idiot hat sich je mehr wie ein Idiot gefühlt. Kein Idiot hat sich je mehr verraten und verlassen gefühlt. Und kein verratener und verlassener Idiot hat den Zusammenhang aller Dinge weniger begriffen.

Wieder und wieder raffte ich mich auf:

Zieh einen Schlussstrich. Vergiss das alles. Du hast mit ihr geschlafen. Ihr habt Liebkosungen und Wörter ausgetauscht. Das bedeutet nichts. Nichts. Zieh einen Schlussstrich, und damit ist die Sache erledigt. Zieh einen Schlussstrich und fang von vorn an.

Das beruhigte mich gerade so viel, dass ich mich auf den Gehweg werfen und den Randstein hätte abnagen mögen.

Noch hatte ich unsere guten Tage ganz frisch in Erinnerung. Noch hatte ich ihren Rhythmus im Körper. Und ihre Stimme, ihre Haare, ihre Augen und ihre Liebkosungen drangen in mich ein und wischten alles andere zur Seite. Das konnte mich sowohl den Verrat als auch den Hass vergessen lassen.

Bevor ich mich erneut ins Elend stürzte, nahm ich sie in Schutz: Er war es, der sie dazu gezwungen hatte.

Aber die kalte, nüchterne Stimme am Telefon durchschnitt alle falschen Vorstellungen. Sie wollte nicht mehr Liebespaar mit mir spielen. Sie hatte ihr Spielzeug satt. Auf lange Sicht gewann der Direktor.

Sie war eine Schlampe und ich ein Idiot. Aber was half es dem Idioten, wenn er bei jedem Pulsschlag seine Liebe zu ihr spürte?

Man geht so weit an einem solchen Abend und erlebt so unendlich wenig.

Ich glaube, ich war schon eingeschlafen, bevor ich an jenem Abend ins Hotel zurückkehrte. Jedenfalls kam ich erst spätvormittags am nächsten Tag zu Bewusstsein. Lange blieb ich noch liegen und rang um den Schlaf, wollte nicht in den Albtraum erwachen, der mich erwartete, aber die Sonne, die direkt zu mir ins Bett hereinschien, rief mich gnadenlos zurück in die Wirklichkeit.

Ich fühlte mich wund und ausgezehrt und von Schmerzen geplagt, sowohl körperlich als auch geistig.

Ich blieb liegen, sah mich im Zimmer um und suchte verzweifelt nach irgendetwas, worauf ich meine

Aufmerksamkeit richten könnte, doch beständig drängte sich der gestrige Tag hervor und strömte durch mich hindurch wie brennend heißes Metall. Ich war nicht in der Lage, heute irgendwelche feindseligen Gefühle zu entwickeln, lag nur da und reproduzierte alles – willenlos wie eine fotografische Platte.

Das Zimmermädchen kam herein und sagte »Verzeihung«, als sie mich daliegen sah. Das löste ein Hungergefühl in mir aus, und ich bestellte wieder Brötchen und Kaffee. Doch als sie es brachte, hatte ich keinen Appetit. Der erste Bissen wurde immer größer im Mund, und der Kaffee hatte einen bitteren, herben Geschmack. Nicht einmal die Zigarette schmeckte mir.

Irgendwo weit hinten im Gehirn versuchte mich eine leise Stimme zum Leben zu erwecken:

»Reiß dich zusammen. Du hast doch wohl nicht vor, bis ans Ende deiner Tage hier liegen zu bleiben.«

Doch, genau das hatte ich vor. Nicht eine einzige Zelle meines Körpers reagierte auf die Stimme, die mich aus dem Bett holen wollte.

Eine einzige kleine Hoffnung dämmerte in mir, drang aber nie so weit in mein Bewusstsein vor, als dass sie mir zum Trost wurde. Im Grunde sehe ich erst jetzt im Nachhinein klar, dass ich auf das Klingeln des Telefons gewartet hatte.

Der Apparat glänzte schwarz im Sonnenlicht. Er hatte etwas Bedrohliches und zugleich Heiteres an sich. Aber er gab keinen Ton von sich, und als die Sonnenreflexionen dahinschwanden, blieb er zurück wie ein schwarzer Schatten vor der Wand.

Draußen vor den Fenstern brach die Dämmerung schnell herein. Der Rhythmus des Straßenverkehrs ging über in ein bedächtiges Nachmittagstempo. Immer weniger Autos waren zu hören, und die Schritte der Fußgänger fielen in einen ruhigeren Takt.

So, wie der Vormittag voller Motorengeräusche war, war der Abend voller Stimmen.

Ein schwacher Abendwind bauschte die Gardine ins Zimmer und sandte kühlende Ströme bis herüber zum Bett. Ich schloss das Fenster und aß die schon trocken gewordenen Brötchen und trank den kalten Kaffee. Das tat mir gut, und die Zigarette inhalierte ich mit tiefen Zügen.

Eine seltsame Ruhe überkam mich. Der Druck auf der Brust legte sich, und mein Gehirn war leicht und leer. Es war, als wäre eine Vergiftung in mir abgeklungen. Oder richtiger: Als hätte ich das Gift in so hohen Dosen eingenommen, dass es nicht mehr wirkte.

Als ich so auf dem Bett saß, schienen mich alle Gedanken und Gefühle verlassen zu haben. Ja, die eigentliche Fähigkeit zum Denken und Fühlen war mir abhandengekommen. Ich saß nur da und starrte leer in den Raum, während die Dunkelheit sich herabsenkte und die harten, nüchternen Möbel mit weichen Konturen umgab. Am Ende hatten nur noch die Dinge, die am nächsten zum Fenster standen, eine fest abgegrenzte Form.

Schwaches Licht glomm noch immer in den beiden Metallkugeln am Fußende des Bettes. Das war meine letzte Wahrnehmung, bevor mir die Augen zufielen.

Eine Woche verging, an die ich keine Erinnerung habe.

Eines Morgens schließlich stand ich früh auf und war von zwei Vorsätzen erfüllt: Ich wollte mir einen anderen Platz zum Wohnen suchen und mir Arbeit beschaffen.

Beim Rasieren merkte ich mehrmals, wie meine Gedanken sich wieder zurücktasten wollten und an kleinen Nervenbündeln in meinem Körper zerrten, aber ich sah mir fest in die Augen:

»Du hast jetzt einen Schlussstrich gezogen. Keinen Rückfall. Kein Selbstmitleid.«

Ich wischte gerade die Rasierklinge ab, als die Tür aufging.

Da stand sie.

Im selben Moment, als ich sie sah, stellte ich fest, dass ich zwei verschiedene Personen war. Durch die eine strömte das Blut wie ein Wasserfall zum Herzen. Dieser Person wurde schwindlig, und sie konnte sich zusammenbrechen hören. Die andere war zornig, kalt und streng und knurrte:

»Sieh an.«

Und während die eine Person auf die Augen und den Mund der Frau achtete, fiel der anderen auf, dass sie ein neues, elegantes Kostüm trug und sich hübsch zurechtgemacht und sorgfältig geschminkt hatte.

Ich konnte ihr ansehen, dass sie nur ihn entdeckte, der nicht gebrochen war, und es war ein sicheres, gutes Gefühl, sowohl die Ängstlichkeit als auch die Verzweiflung in ihren Augen zu erblicken.

»Es war doch am besten für uns beide, wenn wir uns nicht mehr sehen«, sagte ich.

Sie blieb eine Weile stehen und rang nach Luft. Dann trat sie ganz nahe an mich heran:

»Du musst mir vergeben. Du musst das alles vergessen. Hörst du?«

Ich hatte sinnlos lange an dieser Rasierklinge herumgefummelt. Sie war blau und trocken.

»Wenn es dir hilft, sollst du gern Vergebung von mir bekommen. Aber vergessen? Nein, das kann ich nicht versprechen. Noch nicht. Vielleicht in vierzehn Tagen. Das alles ist nämlich nicht gerade spurlos an mir vorbeigegangen.«

Meine Gesichtshaut war merkwürdig steif, und ich spürte, dass ich sie wie aus Glasaugen ansah.

Sie trat ein paar Schritte zurück und sank auf den Stuhl neben dem Tisch.

»Ich weiß, ich habe mich dumm und grausam verhalten. Aber ich war nicht Herrin meiner selbst. Ich – ich bin so unendlich verzweifelt!«

Sie legte den Kopf auf den Tisch und schluchzte laut. Peinlich laut, fand ich.

»Du musst dich beruhigen. Es wohnen noch andere Leute in diesem Hotel.«

Sie sah zu mir auf und presste die Lippen zusammen. An ihrem Gesicht strömten die Tränen hinab.

Ich zündete mir eine Zigarette an und setzte mich aufs Bett.

»Ich war es ja, der eine Aussprache wollte, und ich sollte wohl dankbar dafür sein, dass du gekommen bist. Ich wollte nur sagen, ich bin deiner Meinung: Das mit uns kann nicht weitergehen. Dein Entschluss kam nur etwas plötzlich für mich. Wenn ich mich recht erinnere, hatten wir uns am Abend davor auf etwas ganz anderes geeinigt. Jetzt habe ich mir das Ganze auch durchgedacht. Ich werde nicht auf dieser Abmachung bestehen. Ich sehe das genauso wie du.«

Sie war jetzt ganz ruhig. Ihre Augen waren geschlossen, und sie saß steif und unbeweglich da wie eine Puppe.

»Ich bin gekommen, um dir zu sagen, dass ich dich brauche«, sagte sie leise.

Die beiden Personen in mir verschmolzen wieder miteinander. Die eine, die als Ergebnis dabei herauskam, war weder gebrochen noch zornig, sondern etwas dazwischen, und zitterte vor Neugier.

»Wieso hast du dich umentschieden?«

Sie sah mich jetzt direkt an, offen und mit festem Blick:

»Es war nicht so einfach, wie ich geglaubt habe. Du hast ja selbst einmal gesagt, dass ich es bin, die das größere Risiko eingeht. Du magst mich ängstlich oder feig nennen. Ich gebe zu, mir hat plötzlich der Mut gefehlt, aber das war hauptsächlich deshalb, weil ich Zweifel hatte, ob du mich wirklich willst. Deine Reaktion auf das Thema Scheidung war ja nicht gerade aufmunternd.«

Sie machte eine hilflose Handbewegung, bevor sie fortfuhr:

»Vielleicht hat er bei seiner Rückkehr auch einen gewissen Eindruck auf mich gemacht. Ich hatte das Gefühl, als hätte ich ihm ein Unrecht angetan, und hatte nicht die Kraft, ihm gleich beim Betreten des Hauses eine Szene zu machen.«

»Hatte er vielleicht auch das eine oder andere Geschenk dabei?«

Nachdem ich das gesagt hatte, spürte ich sofort, wie meine Wangen vor Verlegenheit heiß wurden.

»Ja, hatte er«, antwortete sie ruhig. »Aber ich finde, du solltest dem keine große Bedeutung beimessen.«

Ich stand auf und ging ans Fenster. Autodächer und Hüte eilten dort unten vorbei.

Diese Ruhe, von der sie jetzt erfüllt war, machte mich

nervös. Ich war auf dem besten Weg, die Kontrolle über die Situation zu verlieren. Ich konterte – ohne mich vom Fenster abzuwenden –, fast wie um mir selbst Mut einzuflößen:

»Am besten wäre wahrscheinlich, du bleibst im sicheren Hafen. Dann kannst du dir deine Freiheiten nehmen, wie es dir passt. Das bringt nur Vorteile – so ist es am lukrativsten.«

Von ihr kam kein Ton. Und unten auf der Straße eilten die Autos und Menschen vorbei. Ich fing allmählich an, mich wie ein Schuft zu fühlen.

Als ich mich umdrehte, hatte sie den Kopf zwischen den Händen und starrte auf den Tisch.

Ruhig sagte ich:

»Ich kann verstehen, dass du es nicht fertiggebracht hast, das am ersten Abend mit ihm auszudiskutieren. Ich werfe dir das nicht vor. Aber eines ist mir unbegreiflich: An dem, was *wir* miteinander hatten, hat sich doch im Laufe der Nacht nichts geändert. Wieso hattest du es so eilig, *mich* zu verstoßen?«

Ohne die Haltung zu ändern, hob sie die Augen zu mir an:

»Verstehst du nicht, dass ich aus einer Art Verzweiflung heraus gehandelt habe? Ich – ich musste eine Entscheidung treffen, bevor – ja, bevor es Nacht wurde. Ich fand, das wäre das Ehrlichste – auch dir gegenüber.«

»Dann warst du also bei ihm in dieser Nacht?«

»Ja«, sagte sie tonlos auf den Tisch hinunter.

Es wurde still um uns herum. Sogar der Verkehr vor dem Fenster erstarb.

Plötzlich stand sie auf:

»Ich habe dabei die ganze Zeit an dich gedacht. Nie habe ich mich mehr nach einem Menschen gesehnt. Deshalb bin ich zurückgekommen. Findest du nicht, ich habe mich jetzt genug vor dir gedemütigt?«

Sie sank wieder auf den Tisch und weinte leise.

Als ich durchs Zimmer auf sie zuging, wusste ich, dass ich verloren war.

Sie blieb den ganzen Tag und die ganze Nacht bei mir. Am nächsten Tag sprach sie mit ihrem Mann über die Scheidung.

Ich wechselte nicht den Wohnort und suchte mir keine Arbeit.

Rentoft zögerte nicht lang, als er erfuhr, wie die Dinge lagen. Er ging zu einem Anwalt, und sie erhielt eine Vorladung vor Gericht. Ein knappes, sachliches Dokument, in dem einige Daten zusammengefasst waren und die Ehe für nichtig erklärt wurde.

Die finanziellen Verhältnisse zwischen den Ehepartnern sollten gütlich geregelt werden.

Ich wurde als Zeuge geladen.

Bis dahin hatte ich nicht das Gefühl gehabt, etwas Verurteilenswertes getan zu haben. Doch jetzt schien es mir plötzlich, die ganze Gesellschaft würde sich gegen mich erheben. Da stand schwarz auf weiß, dass ich Geschlechtsverkehr mit einer verheirateten Frau gehabt hatte, und ich wusste, aus Sicht der Gesellschaft war das verwerflich. Weiß Gott, ob es nicht sogar strafbar war.

Ich war deshalb ziemlich nervös, als ich zur Gerichtsverhandlung ging. Die Wartezeit in den langen Korridoren, in denen Menschen mit andächtigen Mienen an den Wänden entlang saßen, während ältere Herren in Roben ein- und ausgingen und der eine oder andere Polizist mit strammem Rücken hin- und herlief, machte es nicht besser.

Es war eine Erleichterung, als ich endlich hineingerufen wurde.

Zunächst war ich erstaunt, wie klein der Raum war. Ich hatte mir wohl etwas in Richtung Thronsaal voller neugieriger Menschen erwartet. Aber hier befand sich niemand außer einem Mann in schwarzer Robe und einem zweiten hinter einer Schreibmaschine, und sowie ich bei der Tür hereinkam, erkannte ich den Rücken von Rentoft. Neben ihm stand ein älterer, untersetzter Kerl mit Lorgnette. Direkt mir gegenüber saß sie, und leicht gegen eine Art Rednerpult gelehnt stand der Anwalt, bei dem wir zur Beratung gewesen waren. Mehr waren es nicht.

Alle richteten ihre Blicke auf mich, und ich empfing ein fast unsichtbares Nicken von ihr, bevor ich eine ungeschickte Verbeugung in den Raum hinein vollführte. Rentoft kehrte mir sofort wieder den Rücken zu.

»Wenn Sie bitte vortreten würden«, sagte der Richter und deutete auf ein kleines, halbkreisförmiges Pult vor dem Richtertisch.

Ich stellte mich dorthin und machte noch einen dämlichen Knicks, bei dem ich mich lächerlich fühlte. Ich legte die Hände fest an den Rand des Pults, richtete mich auf und versuchte, unbekümmert auszusehen. Ohne Erfolg.

Der Richter, ein Mann in den Fünfzigern, hatte von der Nase abwärts bis zum Mund einige unzufriedene Züge, war aber kühl und geschäftsmäßig korrekt. Er notierte zuerst Namen, Alter, Beruf und Adresse. Dann murmelte er undeutlich etwas von der reinen und vollen Wahrheit und blätterte in den Papieren, die er vor sich liegen hatten.

»Sie wurden als Zeuge zu einem Scheidungsprozess geladen, der von Direktor Rentoft gegen seine Ehegattin angestrengt wurde aufgrund der Behauptung, diese habe im Laufe des Sommers und Herbstes mehrmals geschlechtlichen Umgang mit Ihnen gehabt.«

Er hob die Augenbrauen und schaute mich direkt an:

»Entspricht es der Wahrheit, dass Sie in einer Geschlechtsbeziehung zu der Beklagten, Frau Rentoft, standen?«

Ich nickte ein kurzes »Ja«.

»Wann und wo haben Sie erstmals den Beischlaf mit ihr vollzogen?«

Ich fühlte, wie meine Wangen heiß wurden, und plötzlich schien es mir, als würde unsere ganze Beziehung für schäbig erklärt werden, wie ich da stand und die Zeit und den Ort angab für etwas, das kurz und knapp auf »Beischlaf« reduziert wurde.

»Stimmt es ferner, dass Sie zurzeit mit der Beklagten zusammenwohnen?«

»Ja«, sagte ich, und wie um für ein wenig Ausgleich zu sorgen, fügte ich hinzu: »Wir haben vor zu heiraten, sobald diese Sache vorbei ist.«

Der Richter notierte kurz etwas und wirkte gelangweilt.

»Gibt es sonst noch etwas?«

Der untersetzte, kleine Mann neben Rentoft schüttelte den Kopf und nahm die Lorgnette ab. Seine Stimme hatte etwas Pfaffenhaftes:

»Nein. Da weder ein Antrag auf Unterhaltszahlungen noch auf das Begleichen der Verfahrenskosten gestellt wurde und die finanziellen Unstimmigkeiten bereinigt zu sein scheinen, gibt es nichts mehr von meiner Seite.«

Der zweite Anwalt machte eine ausholende Handbewegung und schüttelte den Kopf:

»Von mir ebenfalls nicht.«

Der Richter nickte kurz:

»Danke, Sie können gehen.«

Ich ging dicht an Rentoft vorbei zur Tür. Er hielt den Kopf schief und sah starr an mir vorbei aus dem Fenster.

Eigentlich hätte ich mich jetzt erleichtert und frei fühlen sollen, aber die Freiheit, die ich empfand, ging nur so weit, dass ich mich aus diesem großen, bedrohlichen Haus hinausbeeilen musste, um mir Klarheit darüber zu verschaffen, ob man mich auch wirklich hinausließ.

Draußen zündete ich mir eine Zigarette an und versuchte, meine Gedanken zu sortieren, aber mein Körper fühlte sich kalt und geleeartig an. Ich hatte Lust, ins Auto zu springen und weit, weit wegzufahren.

Dann kam sie.

Sie war blass und redete die ganze Zeit mit dem Anwalt, der neben ihr stand und in einem fort nickte, korrekt und zuvorkommend. Er dachte wohl an sein Honorar.

Ich hörte sie über Aktien, Gütertrennung und eine Menge anderes in Zusammenhang mit dem Gerichtsverfahren reden. Damit kannte ich mich nicht aus, interessierte mich auch nicht dafür, wollte nur weg, bevor Rentoft ebenfalls herauskam. Ich hatte plötzlich eine Art schlechtes Gewissen gegenüber dem Mann bekommen.

Ich schlug vor, den Anwalt ins Büro zu fahren. Sie stieg auf der Beifahrerseite ein, worüber ich froh war. Wir setzten ihn in der Øvre Slottsgate ab.

Sie bekam das Scheidungsurteil kurz vor Weihnachten. Aber der finanzielle Ausgleich zog sich in die Länge. Sie hatte unzählige Besprechungen mit ihrem Anwalt. Die setzten ihr zu, machten sie nervös und niedergeschlagen. Ich war froh, nicht dabei sein zu müssen, aber enttäuscht, weil sie mich nicht einmal darum gebeten hatte.

Sie hatte nur einen Teil Vorbehaltsgut, und Rentoft bereitete ihr alle möglichen Schwierigkeiten bei der Aufteilung des Gesamtguts. Ständig rief er sie deswegen an, und es kam zu herzzerreißenden Szenen am Telefon. Nach solchen Auseinandersetzungen war nicht mit ihr zu reden. Anfangs versuchte ich noch, sie zu trösten und zu beruhigen, aber das ärgerte sie nur. Dann verhielt ich mich passiv. Trotzdem konnte sie manchmal ihren ganz Zorn gegen mich richten:

»Dir ist es bestimmt völlig egal, was mit meinem Geld passiert. Der Kerl könnte mich ausnehmen wie eine Weihnachtsgans, und du würdest keinen Finger krumm machen!«

Ein paarmal platzte mir der Kragen, und ich setzte mich zur Wehr. Da knickte sie dann völlig ein. Sie weinte und klammerte sich an mich:

»Du darfst mir nicht böse sein, du darfst mir nicht böse sein. Ich bin so verzweifelt und kann keine Ruhe finden, bevor diese schmutzige Angelegenheit erledigt ist. Du musst immer daran denken, dass ich um deinetwillen um das kämpfe, was mir gehört.«

Als ich sie umarmte, beruhigte sie sich.

»Ich werde nie wieder so zu dir sein. Nie wieder.«

Wir wohnten noch immer im Hotel, waren aber ständig unterwegs, um uns Wohnungen anzusehen. Es fiel ihr schwer, etwas Passendes zu finden. Sie wollte Sonne, Ausblick und eine gute Lage.

Schließlich fanden wir eine Spitzenwohnung im Kirkeveien und zogen ein. Wegen dieses ewigen Vermögensausgleichs, bei dem es nie zu einer Einigung kam, konnte sie keine ihrer Möbel holen. Wir besorgten nur das Nötigste, damit wir etwas hatten, worauf wir liegen und sitzen konnten, aber die großen Zimmer waren leer, kalt und unbewohnt.

Wir gingen viel aus in dieser Zeit. Abgesehen vom Frühstück, nahmen wir alle Mahlzeiten auswärts ein. Wir kamen immer spät nach Hause und waren selten nüchtern.

Dabei ging viel Geld drauf, aber wir waren uns darüber einig, dass wir, sobald die Wohnung erst einmal eingerichtet wäre, jeden Abend zu Hause bleiben und das Geld wieder einsparen würden.

Wir würden eine Haushaltshilfe einstellen und zu Hause essen. Wir würden am Kamin sitzen, lesen und Radio hören. Vielleicht mit einem kleinen Drink dazu.

Ich glaube, damals sehnten wir uns beide aufrichtig nach so einem ruhigen Dasein.

Natürlich hätte ich nicht widerstandslos in ein solches Faulenzerleben hineinschlittern dürfen. Dieses Luxusleben war mir ja völlig fremd. Aber ich konnte mich nicht dazu durchringen, mich in Geldangelegenheiten einzumischen. Sie war so überempfindlich und nervös in dieser Zeit, dass ich froh war, wenn die Tage reibungslos zwischen uns verliefen. Die geringsten Einwände von meiner Seite konnten sie zu den hitzigsten Ausfälligkeiten gegen mich verleiten. Im nächsten Augenblick fing sie zu weinen an und versicherte mir, alles würde anders werden, sobald wir verheiratet und alle Reibereien mit ihrem Mann überstanden wären.

Selbstverständlich erkenne ich jetzt im Nachhinein, dass der Grund, warum ich mich so dahintreiben ließ, meine Charakterlosigkeit war. Ich verstehe gut, dass es für einen Außenstehenden naheliegend sein könnte zu sagen, ich sei bloß hinter ihrem Geld her gewesen und hätte mich gut eingerichtet als gekaufter und bezahlter Liebhaber.

Aber so war es nicht. Ich liebte sie, und wir waren vollkommen abhängig voneinander. Nicht nur körperlich, sondern in noch größerem Maße rein geistig. Wir schwangen immer im selben Takt und waren aufeinander eingestimmt, ob wir nun himmelhoch jauchzten oder zu Tode betrübt waren.

Wenn sie bei ihrem Anwalt war oder in der Stadt Besorgungen machte, trieb ich mich mitunter allein in den Straßen herum. Ansonsten waren wir nie getrennt. Auf solchen Ausflügen wünschte ich mir immer, ich hätte eine ordentliche Arbeit und könnte sie versorgen. Noch heute glaube ich, alles wäre anders gekommen, hätte mich ihr Geld nicht in eine Zwangslage gebracht. Einerseits nahm es mir die Verantwortung ab, andererseits brauchte ich nicht die Initiative zu ergreifen, weil ich nicht erwachsen genug war, mich um ihre Interessen zu kümmern.

Einmal kam ich an der Werkstatt vorbei. Ich schaute durch den Zaun und sah, dass die Arbeit weiterlief wie immer. Ich kann nicht richtig erklären, was ich dabei empfand, aber als Erstes fiel mir auf, dass es nicht nur der Zaun war, der mich von den Leuten dort drinnen trennte. Und dann war mir, als ob ich erwartet hätte, es müsse eine klaffende Lücke hinter mir zurückgeblieben sein. Es war mir nicht möglich zu erkennen, ob ich irgendwelche Spuren hinterlassen hatte.

Eines Tages ging ich im Bogstadveien direkt auf Marit zu. Sie sah mich und überquerte schnell die Straße. Sie hatte keinen Grund, sich anders zu verhalten.

Wenn diese Dinge jetzt in meiner Erinnerung auftauchen, dann deshalb, weil sie eine Bedeutung für mich hatten. Sie waren eine Bestätigung dafür, dass kein Weg zurückführte.

Ich hatte keine Freunde.

Wir waren unglaublich geschickt darin, Ausreden zu finden, um kein normales Alltagsleben beginnen zu müssen.

Den ganzen Frühling über schoben wir es auf den Rechtsstreit. Als der schließlich gut überstanden war, wurden sofort einige Wagenladungen Möbel und Ausstattung geliefert, die wir in der Wohnung stapelten. Am Ende sah es aus wie ein Lager.

Anstatt auszupacken und es wohnlich zu gestalten, heirateten wir und reisten nach Sørlandet. Zu Hause sitzen konnten wir im Herbst und Winter auch noch.

Obwohl sie behauptete, er habe sie betrogen, war sie doch ein ganz anderer Mensch, nachdem das alles vorbei war. Und auch wenn sie nicht zufrieden war, besaß sie zumindest fast vierhunderttausend Kronen in Wertpapieren und an Barschaft. Wir würden keine Not leiden.

Ich erinnere mich nicht, dass sich in den Wochen, in denen wir fort waren, auch nur eine einzige Wolke am Himmel gezeigt hätte.

Unser Zusammensein gestaltete sich in dieser Zeit weniger hektisch. Wir fühlten uns sicher und hatten die Tage und Nächte vor uns. Wir konnten stundenlang am Strand liegen und Pläne machen. Alles war plötzlich in Reichweite. Wir wollten oft verreisen. Sie war früher schon häufig im Ausland gewesen und erzählte mir von all den Orten, die sie mir zeigen würde.

»Ich freue mich darauf, Dinge gemeinsam mit dir zu erleben«, sagte sie, »denn du bist nicht lustlos und blasiert.«

Wir ruderten gern zu den äußersten Schären hinaus, wo wir ganz allein sein konnten.

Es machte uns Spaß, völlig nackt herumzulaufen. Sie war wie ein lebendes Schmuckstück, wenn sie über die glatten Felsen lief. Ihre Haut glänzte golden, und ihr sonnen- und meergebleichtes Haar wehte weiß vor dem blauen Horizont.

Ich fing sie ein und trug sie mit Tarzangeschrei zu unserem Platz zwischen den Bergkuppen. Sie schmeckte nach Salz und Sonne, und wenn sie die Augen schloss, zitterten ihre Lider.

Sie sagte nie etwas, wenn ich bei ihr lag, aber ihr ganzes Gesicht war ein Wechselspiel an Spiegelreflexen von dem Sturm, der durch sie hindurchjagte.

Danach lag sie still an meiner Brust, und manchmal schlief sie dabei ein. Ich blieb liegen, beschirmte ihre Augen gegen die Sonne und traute mich fast nicht zu atmen.

Wenn sie die Augen wieder aufschlug, waren ihre Pupillen einen Augenblick lang so groß und tief, dass ich bis auf ihren Grund sehen konnte.

Manchmal biss sie mich in die Schulter und den Oberarm, sodass ich abends beim Zubettgehen violette Flecken hatte. Das gefiel mir.

Morgens sprang sie vor dem Frühstück ins Meer und

schwamm so weit hinaus, bis ihre Badekappe wie ein kleiner Punkt am Horizont war.

»Du darfst nicht so weit rausschwimmen«, sagte ich, »das macht mir Angst.«

»Tut es das? Ich hätte gern, dass du das jeden Tag sagst: Ich habe solche Angst um dich, ich habe solche Angst, dich zu verlieren.«

»Das kann ich gern sagen, ohne dass du das Schicksal auf diese Art herausforderst.«

»Hast du denn Angst, mich zu verlieren?«

»Ja, und das weißt du.«

Sie legte ihre Arme um meinen Hals und schaute mir in die Augen:

»An dem Tag, an dem ich mir dessen nicht mehr ganz sicher bin, werde ich in die Ewigkeit schwimmen.«

Auch im Hotel blieben wir hauptsächlich für uns. An ein paar Abenden waren wir unten in der Bar und im Tanzsaal, aber in dem Lärm zwischen diesen unbekannten Menschen überkam uns ein seltsam melancholisches Einsamkeitsgefühl. Wir verspürten weder ein Bedürfnis nach Tanzen noch nach Alkohol. Da unternahmen wir lieber Abendspaziergänge zur Landspitze hinaus und sahen uns die auf den Schiffswegen glitzernden Leuchttürme an oder hörten dem Rauschen der Wellen zu, die sich an den steilen Steinmassen brachen.

Die Grille fiedelte im Gras, dass es in den Ohren schrillte, ein Geräusch, das der sanften Dämmerung angehörte.

Nichts von dem, was später geschah, konnte diesen Sommerwochen den Glanz nehmen.

Als wir wieder nach Hause kamen, machten wir uns ans Auspacken und stellten alle Möbel an ihre Plätze. Am Ende schafften wir es, uns häuslich und gemütlich einzurichten, und ich fand mich erstaunlich schnell in dieser komfortablen Umgebung zurecht. Ihr gefielen mein Herumbasteln und meine praktische Veranlagung. Und ich war kindisch genug, Freude zu empfinden über die Bewunderung, mit der sie mich überschüttete, wenn ich eine Steckdose einbaute oder ein Stuhlbein reparierte.

Ich war fest entschlossen, mir wieder eine Arbeit zu suchen, und stand jeden Morgen zeitig auf, um die Stelleninserate durchzugehen. Dazu besorgte ich mir einiges an technischer Literatur, die ich mir schon lange gewünscht hatte. Ihr gefiel das nicht, und es dauerte nicht lange, bis sie über »meine ewigen Bücher« den Kopf schüttelte.

Eines Tages, als sie zum Essen nach Hause kam, fiel mir auf, dass sie getrunken hatte. Sie wirkte plötzlich so merkwürdig kalt.

»Du bist doch wohl jetzt nicht mit dem Auto nach Hause gefahren?«, fragte ich.

Sie antwortete nicht, sah mich nur an.

Im selben Moment kam die Haushälterin herein und sagte, das Essen sei fertig. Wir setzten uns an den Tisch und aßen eine Weile schweigend. Seltsam, was für eine Entfernung plötzlich zwischen zwei Menschen über einem Esstisch entstehen kann.

Ich war verwirrt und fühlte mich gekränkt, wollte aber gern die Wogen glätten. Deshalb sagte ich leichthin und freundlich:

»Was hast du heute unternommen?«

Sie sah hinunter auf ihren Teller und antwortete kurz und tonlos:

»Ich habe einige Menschen getroffen, die mich ins Pal-
men eingeladen haben.«

Die Wörter »einige Menschen« waren wohlweislich gewählt, um mich zu reizen, aber ich schwieg.

Es entstand eine kurze, aufgeladene Pause. Sie sah mich
direkt an und dann an mir vorbei:

»Dir kann es doch ziemlich egal sein, mit wem ich
ausgehe. Du bist ja nicht mehr aus dem Haus zu bewegen.
Außerdem kennst du sie sowieso nicht.«

Ich fühlte mich hilflos und vor den Kopf gestoßen:

»Es ist doch wohl nicht nötig, sich so aufzuregen. Ich habe
dich nicht einmal gefragt, mit wem du zusammen warst.«

»Also ist es dir gleichgültig!«

Kalter Triumph lag in ihrer Stimme und in ihrem Gesichtsausdruck. Sie warf den Kopf zurück und hatte eine
Art Lächeln in einem Mundwinkel.

Unmöglich zu erklären, was ich empfand. Eigentlich war
es eine Art Schwindelgefühl, als wäre das ganze Zimmer
von einer Welle erfasst worden. Ich musste mich an der
Tischkante festhalten.

»Red keinen Unsinn. Ich habe nur gesagt, du solltest
nicht Auto fahren, wenn du getrunken hast. Du weißt
selbst am besten, wie abhängig du von deinem Führerschein bist.«

»Danke für deinen guten Rat, aber den brauche ich
nicht«, sagte sie und stand auf.

Sie ging ins Wohnzimmer, und ich hörte sie das Radio
einschalten.

Ich blieb noch eine Weile sitzen. Dachte: Das ist total
verrückt, aber du musst ruhig bleiben.

Ich aß fertig und ging zu ihr ins Zimmer. Sie blätterte in

einer illustrierten amerikanischen Zeitschrift. Ich zündete mir eine Zigarette an und setzte mich ihr gegenüber:

»Im Ernst, lass uns nicht darüber streiten. Wir müssen doch wie zwei erwachsene Menschen miteinander reden können, ohne dass jedes Wort missverstanden und sein Sinn verdreht wird. Was genau hat dich denn so wütend gemacht?«

Sie sah auf, und ihr Gesichtsausdruck war weicher, aber verdrossen:

»Ich finde, du vernachlässigst mich.«

»Was?«

»Ja, ich finde, du vernachlässigst mich. Ich hatte nicht angenommen, du würdest den ganzen Tag zu Hause herumsitzen und lesen.«

Ich musste lachen. Das war zu komisch:

»Das meinst du nicht ernst. Ist es falsch, dass ich mich zu Hause wohlfühle und ab und zu ein Buch lese? Ich interessiere mich für ein Fachgebiet und habe vor, mir so bald wie möglich wieder Arbeit zu suchen. Ist es da verwunderlich, dass ich mein Wissen ein bisschen auffrische?«

»Ich habe nicht geheiratet, um beiseitegeschoben zu werden, weder für Interessen noch für Arbeit.«

Ihr Gesicht spannte sich wieder an.

»Aber ein Mann muss doch eine Arbeit haben! Zumindest muss *ich* es!«

Ich schrie und spürte den Zorn in mir aufsteigen.

Sie richtete ihre Augen auf mich und blies mir Rauch ins Gesicht:

»Wozu brauchst *du* Arbeit? Ich habe nicht geheiratet, um versorgt zu werden.«

Da platzte mir der Kragen und ich schlug auf den Tisch, dass der Aschenbecher hochsprang:

»Ich bin auch nicht gekauft und bezahlt!«

Ich stand auf und ging ans Fenster. Das Herz hämmerte wild in meiner Brust, und ich war wirr im Kopf und hoffnungslos durcheinander.

Ich weiß nicht, wie lange ich so dastand, aber plötzlich schmiegte sie sich von der Seite an mich. Sie sah mich mit einem ganz neuen Gesicht an. Es war ruhig, mit einem schelmischen Glitzern in den Augen:

»Ist mein kleiner Junge jetzt böse geworden? Du bist übrigens süß, wenn du dich ärgerst. Es knistert in deinen Augen wie bei einem Feuerwerk.«

Sie küsste mich mit weit geöffnetem Mund und ließ ihre Zunge spielen.

*

An diesen ersten ernsthaften Streit erinnere ich mich deshalb so gut, weil er einen starken Eindruck in mir hinterließ. Er erzeugte den ersten, winzigen Riss in dem ruhigen, glücklichen Dasein, das ich mir wie einen Wunschtraum um sie und mich herum aufgebaut hatte.

Mit der Zeit wurden es immer mehr, aber die Einzelheiten sind wie ausradiert. In der Erinnerung kann ich sie nicht auseinanderhalten, und ich könnte auch keine Zahl nennen.

Es begann fast immer mit den reinsten Lappalien. Und hinterher war ich jedes Mal verwundert, dass wir zu solchen Streitereien imstande waren, die fast immer in wütender Aufregung stattfanden. Damals war ich mir meiner Schuld daran nicht bewusst. Ich betrachtete sie immer als einen Ausdruck ihrer Störrigkeit und Nervosität, was nur dazu beitrug, dass ich mich mit noch größerem Jähzorn zur Wehr setzte, und schon waren wir dabei, uns verletzende Bemerkungen an den Kopf zu werfen.

Jetzt bin ich mir nicht mehr so sicher, ob es nur ihre Schuld war. Meiner Ansicht nach waren wir eigentlich beide schuldlos. Wir waren so verschieden und kamen beide jeweils aus unserer eigenen Welt, die uns geprägt hat. Eine übereinstimmende Betrachtungsweise aller sichtbaren und unsichtbaren Probleme, die zwischen uns entstanden, war nicht zu erwarten.

Aber im Nachhinein ist man immer klüger. Damals war ich unschuldig und sie in meinen Augen störrisch.

Ich hatte gelernt, dass es eine männliche Tugend sei, sich für Arbeit zu interessieren und seine Zeit zu Hause zu verbringen. Für sie war das beinahe eine verkehrte Welt. Wir hatten Geld. Weshalb also sollte ich arbeiten? Sie war es gewohnt, auszugehen und sich zu amüsieren, und betrachtete das Zuhause als eine Art letzten Ausweg, wenn einem nichts Besseres zu tun einfiel.

Und obwohl ich mich bis zuletzt sträubte, setzte sie am Ende jedes Mal ihren Willen durch. Irgendwie hatte sie herausgefunden, dass ich immer dann am gefügigsten war, nachdem ich erst einmal die Beherrschung verloren hatte. Dann kam sie selber zu Kreuze gekrochen und brachte mich dazu, Mitleid mit ihr zu empfinden. Und dann fügte ich mich.

Es gab so vieles –.

Völlig am Boden zerstört konnte sie mir erzählen, sie habe sich ein Loch in ein Kleid gebrannt oder könne einen Hut oder ein Paar Schuhe nicht ausstehen, das sie sich gerade gekauft hatte.

Wenn ich zum Trost sagte, sie dürfe so etwas nicht so schwernehmen, gelang es ihr mit der erstaunlichsten Logik, das Ganze in einen Angriff gegen mich zu verwandeln, weil ich mich nicht dafür interessierte, wie sie aussah! Solche Bagatellen arteten oft in Türenknallen und einer Verwüstung unserer gesamten Ehe aus, bevor wir uns dem anderen wieder in die Arme warfen.

Ein andermal wiederum machte sie sich schwere Vorwürfe, weil sie nicht genug für mich tat oder sie sich für gescheitert und überflüssig hielt. So oft, wie ihre Launen wechselten, war es mir gänzlich unmöglich, am Laufenden zu bleiben. Kleine Unstimmigkeiten, von denen ich meinte, wir hätten sie längst hinter uns gelassen, tauchten wieder auf und nahmen neue, unangenehme Dimensionen an. Schließlich lebte ich in ständiger Angst vor diesen Umschwüngen, und wenn ich nur wenige Stunden von ihr getrennt war, konnte ich nie wissen, in welcher Stimmung ich sie bei meiner Rückkehr antreffen würde.

Wie oft bin ich im Aufzug gestanden und habe gedacht: Was erwartet mich jetzt? Wir wohnten im sechsten Stock, ich hatte also immer ausreichend Zeit zur Beunruhigung.

Wie konntest du dich mit solchen Lebensumständen abfinden? Wieso in aller Welt hast du sie nicht verlassen? Es konnte dich doch niemand daran hindern.

Doch, das ist der Punkt. *Sie* konnte es. Ich liebte sie, und ich weiß, auch sie liebte mich auf ihre Weise und war hilflos abhängig von mir. Ich wusste, wenn ich sie verließ, könnte sie aus Verzweiflung irgendetwas mit sich anstellen. Und der bloße Gedanke daran wäre mir bis an mein Lebensende unerträglich gewesen.

Aber da war noch etwas Wesentliches, das mich zurückhielt: Dazwischen hatten wir es wochen- und monatelang schön miteinander. Die Auseinandersetzungen im ersten halben Jahr waren trotz allem nur kleine Risse im Dasein. Und nie liebten wir uns heftiger und mit größerer Selbstaufopferung als nach diesen kurzen, verletzenden Szenen.

Wir verziehen einander alles von ganzem Herzen und konnten darüber scherzen, wie dumm und jähzornig wir gewesen waren. Und wir waren beide der Meinung, es gehe uns nur deshalb schlechter als allen anderen, wenn es gerade schlecht lief, weil das der Preis dafür war, dass es uns besser ging als allen anderen, wenn es gerade gut lief.

Den ganzen Herbst und Winter hindurch waren wir viel allein und trafen uns mit niemandem. Keiner von uns hatte noch lebende Verwandte, und obwohl sie viele Bekannte in der Stadt hatte, begegnete sie denen vormittags immer nur zufällig.

Nach wie vor gingen wir abends noch oft aus, aber ohne groß dem Alkohol zuzusprechen – oft begnügten wir uns mit Theater oder Kino.

Ich bekam Arbeit in einem Autohaus als Verkäufer auf Provisionsbasis, aber weil gerade nicht Saison war und ich mir die Zeit frei einteilen konnte, nahm mich die Arbeit nicht sehr in Anspruch. Im Herbst verkaufte ich ein paar Autos, aber was ich dabei verdiente, reichte gerade einmal als Taschengeld. Trotzdem verschaffte es mir eine gewisse Befriedigung. Obwohl ich praktisch von ihr lebte, war der Gedanke daran nicht mehr so lästig. Im Übrigen kam wahrscheinlich allmählich auch ein Gewöhnungseffekt hinzu.

Unmerklich fand in dieser Zeit eine Veränderung in mir statt.

Ich erkenne das jetzt besser, wo ich hier sitze und auf mich selbst zurückblicke.

Ich fing an, mir meine Anzüge bei teuren Schneidern nähen zu lassen. Ich wurde anspruchsvoller, bei den Speisen wie auch beim Hochprozentigen. Viel mehr braucht es ja nicht, damit ein einigermaßen gebildeter Mensch sich sozial ebenbürtig fühlt mit der wirtschaftlichen Elite. Sogar in der durchschnittlich ländlichen Lehrerfamilie, aus der ich stamme, haben wir gelernt, beim Essen das Messer nicht in den Mund zu nehmen.

Zu Silvester wollten wir ins »Speilen«, doch am Vormittag ereignete sich etwas, das den ganzen Tag zu einem Albtraum machte.

Sie hatte eine Menge Einkäufe zu erledigen, und ich begleitete sie in die Stadt. Da die Haushälterin freihatte, gingen wir zum Mittagessen ins »Blom«. Das Lokal war überfüllt, es war laut und verraucht. Es war kein einziger Tisch frei, und wie immer in solchen Situationen versetzte sie das in einen eigenartig gereizten Gemütszustand, der gegen mich gerichtet war. Sie hatte mir nämlich längst ein Geheimnis entlockt – jenes, dass ich Oberkellner nicht so zu behandeln verstand, wie es für Menschen ihres Standes ganz selbstverständlich war. Ich würde dazu neigen, ein überfülltes Restaurant als Tatsache hinzunehmen, und nie lernen, dass der Oberkellner, ganz gleich, in welchem Lokal, immer über Möglichkeiten zur Erweiterung verfüge, sobald ihm erst einmal klargeworden sei, wen er vor sich habe.

Ich spürte ihren wachsenden Ärger, während wir dastanden und in den Raum hineinspähten, und mich überkam wie immer eine eisige Ruhe. Das war eine Art der Verweigerung, die ich mir angewöhnt hatte.

Plötzlich stieß sie mich gegen den Arm:

»Ja, jetzt gibt es wenigstens für *mich* einen Platz – du kannst ja da stehen bleiben!«

Ein junger Mann in der rechten hinteren Ecke war aufgestanden und winkte ihr zu. Sie schlängelte sich mühelos zwischen den Tischen hindurch, und ich folgte ihr.

Ein weiterer junger Typ erhob sich vom Tisch, und beide empfingen sie mit glänzenden Augen und Beifall. Mir kam es vor, als wären wir eine Ewigkeit dagestanden, bevor sie sich bemüßigt fühlte, mich vorzustellen.

Wir setzten uns.

Die beiden interessierten sich nur für sie und tischten ihr massenhaft betrunkenen Schnickschnack auf, in den sie sich förmlich einkuschelte. Es herrschte ein intimes Du zwischen ihnen, bei dem mir übel wurde, weil es mich zu einem völligen Außenseiter machte und ich spürte, dass sie genau das beabsichtigte.

Es tat mir in den Kiefern weh, so sehr hasste ich sie. Dass die beiden Kerle mir zuprosteten und mich in das Gespräch einzubeziehen versuchten, brachte mich nicht zum Auftauen.

Endlich machten sie sich zum Gehen bereit. Sie versuchte, sie zum Dableiben zu bewegen, und sie drückten einander eine Unendlichkeit lang die Hände, küssten sich auf die Wange und wünschten einander »ein frohes neues Jahr«, aber schließlich machten sie doch einen Abgang.

Wir konzentrierten uns beide aufs Essen.

Inzwischen kannte ich sie gut genug, um zu wissen, dass Annäherungsversuche jetzt keinen Sinn hätten. Das wollte ich auch gar nicht, denn plötzlich erschien mir unsere gesamte Ehe in einem grotesken, sinnlosen Licht.

Als sie fertig gegessen hatte, steckte sie sich eine Zigarette in den Mund. Und als ich sie unendlich langsam und behutsam für sie anzündete, sagte sie halb zu sich, halb in die Luft:

»Wie erfreulich, dass die Leute sehen können, was für einen netten Mann ich habe.«

»Was zur Hölle! Du führst dich auf wie eine, wie eine –«

»Nutte, meinst du. Sag es ruhig!«

Ihre Augen wurden zwei Striche, und ihr Gesicht verhärtete sich und spannte sich an.

Sie sprach so laut, dass sie es auch an den Nachbartischen hörten, und die, die nichts hörten, konnten deutlich an unseren Gesichtern ablesen, dass hier gerade ein Streit losbrach.

Ich fühlte mich erbärmlich vor lauter Angst und wusste weder ein noch aus. Sie hatte schon ausreichend getrunken und wäre imstande gewesen, einen Skandal zu provozieren, ob ich nun sitzen blieb oder aufstand und ging.

Ich flehte sie an, sich zu beruhigen, obwohl alles in mir sich wie ein heiserer Schrei erhob.

Sie bedachte mich mit einem höhnischen Blick, senkte aber zumindest die Stimme:

»Willst du jetzt vielleicht das glückliche Paar spielen, nur weil du Angst davor hast, was ›die Leute‹ denken? Weißt du, was du bist? Du bist feige und widerlich. Ich verstehe nicht, wie ich dich heiraten konnte.«

Ihre Worte trafen mich nicht. Ich hatte sie davor schon sehr oft gehört.

»Liebes, lass uns jetzt gehen«, sagte ich.

Sie winkte dem Kellner und bestellte noch ein Glas Wein.

Ich wäre am liebsten einfach davongelaufen, traute mich aber nicht. Sie wusste das und genoss es, mich in der Klemme sitzen zu sehen.

Sie war jetzt darauf eingestellt, immer das genaue Gegenteil von mir zu tun, und ich konnte nichts anderes machen, als den Mund halten. Ein paarmal versuchte sie, mich zu provozieren, gab es jedoch auf. Ich hatte ein Gichtgefühl in allen Muskeln und glaubte, gleich würden mir die Nerven aus dem Körper springen.

Als wir endlich gingen, war das Schweigen zu einer Mauer zwischen uns angewachsen. Es tat gut, in das kühle Winterdunkel hinauszutreten. Weder auf der Karl Johan noch in der U-Bahn nach Majorstua wechselten wir ein Wort. Ich achtete auf alle ihre Bewegungen und Gesichtsausdrücke, sie dagegen übersah mich völlig. Sie tat das so konsequent, dass mir mitunter Zweifel kamen, ob ich überhaupt da war.

Als wir zu Hause im Flur ankamen, sagte ich:

»Ich hoffe, dir ist klar, dass ich nicht vorhabe, heute Abend auf irgendeine Silvesterfeier zu gehen.«

Sie zuckte zusammen, fasste sich aber gleich wieder. Sie veranstaltete einen gewaltigen Krach mit dem Kleiderbügel, als sie ihre Sachen aufhängte. Es hatte immer so viel Lärm zur Folge, wenn sie in dieser gereizten Stimmung war. Auch im Bad und im Schlafzimmer setzte sie ihr Poltern fort, während ich ins Wohnzimmer ging.

Ich versuchte, Zeitung zu lesen, und blätterte in einigen Magazinen, konnte mich aber nicht konzentrieren, weil sie andauernd Türen und Laden zuknallte.

Nach einer Weile kam sie im Morgenmantel herein. Sie

zündete sich eine Zigarette an und holte eine Flasche Cognac und Gläser.

»Ist das dein Ernst, dass du zu Hause bleibst?«

Scheinbar ruhig saß sie mir gegenüber.

»Ja, weiß Gott, das ist es! Glaubst du, ich lasse mich so behandeln, um im nächsten Augenblick wie irgendein Gigolo nach deiner Pfeife zu tanzen?«

»Meine Güte, wie du dich aufregst«, sagte sie kalt und höhnisch. »Weißt du eigentlich noch, weswegen wir zu streiten angefangen haben?«

Ich stand auf und wühlte mit der Feuerzange im Kamin herum:

»Eine Lappalie, wie üblich, aber es gelingt dir jedes Mal, unsere ganze Ehe mit hineinzuziehen und noch die letzten kleinen Reste kaputtzumachen.«

»Hast du vergessen, wie du mich genannt hast?«

»Ich habe dich gar nichts genannt. Du selbst hast deine Worte für dein Benehmen so wohlüberlegt gewählt.«

Ich drehte mich zu ihr um und spürte, dass ich kurz davor war, von Jähzorn übermannt zu werden:

»Sag mal, hast du vor, mich um den Verstand zu bringen?«

Sie sah mich höhnisch an:

»Du brauchst nicht mit der Feuerzange da herumzufuchteln. Ich habe keine Angst vor dir.«

Da durchfuhr es mich:

Sie hat recht. Sie hat keine Angst vor dir. Du bist es, der Angst hat. Du selbst.

Und ich wusste, wovor ich Angst hatte. Wenn sie in dem Moment noch ein einziges Wort gesagt hätte, ein einziges, verletzendes Wort, hätte ich sie womöglich umgebracht.

Ich legte die Zange weg. Es war, als hätte ich mich selbst vor einem großen Unglück bewahrt, und meine Reaktion darauf war so heftig, dass ich auf einmal vollkommen abwesend war.

Ich kippte ein Glas Cognac und setzte mich. Meine Augen glitten ganz automatisch zu. Eine seltsam *physische* Müdigkeit senkte sich auf mich herab.

Ich weiß nicht, wie lange ich so dasaß, bevor ich ihre Stimme hörte. Sie war jetzt ganz anders – ruhig und traurig, ohne aggressive Töne.

»Das Problem ist, du kümmerst dich überhaupt nicht um mich.«

Ohne die Augen zu öffnen, wägte ich jedes Wort ab, das ich sagte, und bemühte mich, so einfach und deutlich wie möglich zu sprechen:

»Das ist *nicht* das Problem. Das Einzige, dessen ich mir absolut sicher bin, ist, dass ich dich liebe und dass ich dich brauche. Genau das macht es so schwierig für mich. Würde ich dich nicht lieben, könnte ich einfach gehen, und niemand könnte mich daran hindern. Obwohl du mich – in deinen dunkelsten Momenten – manchmal verhöhnst, weil ich auf deine Kosten lebe, weißt du doch tief in deinem Innern gut, dass ich nicht bei dir bleibe, weil ich zum Schmarotzertum neige. Ich weiß, ich habe nur dieses eine Leben, und das verkaufe ich nicht für Geld.«

Ich holte tief Luft und machte eine kurze Pause, bevor ich fortfuhr:

»Wir haben das schon Hunderte Male besprochen, und wir waren uns darüber einig. Trotzdem passiert es immer wieder, dass die klitzekleinste Meinungsverschiedenheit in eine Hölle ausartet, aus der wir jedes Mal gleich schwer herausfinden. Wir müssen lernen, unterschiedlicher Meinung sein zu können, ohne uns zu zerstreiten.«

Ich merkte, dass sie zu mir auf die Armlehne herübergerückt war, und spürte ihre Hand, die mir übers Haar strich.

»Ich bin es, die unmöglich ist«, sagte sie leise, »aber ich habe so eine Sterbensangst davor, dass du mich bald satthaben wirst. Ich darf dich einfach nicht verlieren.«

Ich weiß, dass ihre Worte mich glücklich machten, aber vielleicht lag in ihnen auch ein Anflug von Selbstgerechtigkeit: Sie kroch zu Kreuze. Es ist eigenartig, wie sehr Statusfragen auch in die Beziehung zwischen zwei Menschen hineinspielen.

Ich nahm ihre Hand in meine und fuhr fort:

»Du brauchst keine Angst davor zu haben, mich zu verlieren, wenn du dich nur von diesen seltsamen Wahnvorstellungen losmachst. Auf mich wirkt es, als wärst du selbst unsicher und unzufrieden mit dir, aber du lässt es an mir aus. Und ich weiß jetzt, ich halte das nicht bis in alle Ewigkeit aus. Das kann ich nicht, auch wenn ich es noch so sehr wollte.«

Ich sah ihr fest in die Augen, wollte es in ihren Kopf hineinhämmern:

»Fühlst du denn nicht, dass wir zwei zusammengehören und es nur Kleinigkeiten sind, die sich so wahnsinnig hoch zwischen uns auftürmen? Wenn du es schon nicht glauben kannst, spürst du es dann nicht wie eine sichere Gewissheit in dir, dass ich dich *und nur dich* liebe?«

Sie legte eine meiner Hände an ihre Brust und bohrte ihr Gesicht in meine Halsmulde:

»Doch. Doch.«

All die bösen Worte zwischen uns waren wie wegge-
wischt. Wir klammerten uns aneinander wie zwei Kinder,
die Angst haben, getrennt zu werden.

Die ersten Monate im neuen Jahr lief es gut zwischen
uns. Ich glaube, wir taten beide unser Bestes, um aufeinander Rücksicht zu nehmen. Einige kleine Konflikte gab es
wahrscheinlich, aber ich erinnere mich an nichts, was sich
von dem gleichmäßigen Lauf der Tage abgehoben hätte.
Manchmal fühlte ich mich wahrscheinlich ein bisschen
einsam. Wir lebten gewissermaßen außerhalb der Welt. Ich
sehnte mich nach ordentlicher Arbeit und einem richtigen
Lebensziel. Alles war irgendwie so leicht und einfach geworden. Dinge, die mir bis dahin unzugänglich gewesen
waren, befanden sich jetzt in Reichweite. Dadurch verloren
sie irgendwie etwas von ihrem Glanz. Bestimmt kann nichts
die Freude darüber aufwiegen, ein Opfer zu bringen, um etwas zu erreichen. Oder ist die Freude, etwas zu bekommen,
vielleicht immer größer als die Freude des Besitzens? Es ist,
als würde man einen Berg ansehen. Aus weiter Ferne sieht
er blauviolett und märchenhaft aus, kommt man jedoch
nahe genug an ihn heran, besteht er nur aus Stein und Ge-
röll wie alle anderen Berge.

Sie konnte es nicht ausstehen, wenn ich bis in den Abend
hinein las. In einer Art Trotz blieb sie selbst ebenfalls auf
und rauchte Kette, bis sie in einem Sessel einschlief. Ich
versuchte, im Bett zu lesen, aber dann warf sie sich hin und
her, um zu demonstrieren, dass sie nicht schlafen könne.
Früher hatte ich die Angewohnheit, vor dem Einschlafen

eine Zigarette zu rauchen. Damit war ebenfalls Schluss. Aber das alles sind vielleicht nur Nebensächlichkeiten, ein Gewöhnungsprozess wie in allen Ehen.

Und es gab so vieles, was das alles aufwog. –

Ich erinnere mich an meinen Geburtstag am 15. März. Da wurde ich dreißig. Schon mehrere Tage vorher war sie mit den Vorbereitungen für die Feier beschäftigt. Geheimnistuerisch wie ein Kind lief sie herum und bemühte sich, mir alle Wünsche von den Augen abzulesen. Es war, als wäre ihr ganzes Wesen von dem Drang beherrscht, mir eine Freude zu machen.

Am Morgen weckte sie mich mit einem Geschenk – einem goldenen Zigarettenetui. Das Frühstück war ein Wunderwerk an Einfallsreichtum, und den ganzen Vormittag überhäufte sie mich mit großen und kleinen Geschenken – Krawatte, Füllfeder, Feuerzeug –

»Du bringst mich in Verlegenheit mit alldem«, sagte ich. »Ich schäme mich fast.«

Sie lehnte am Fensterrahmen, wodurch die geschmeidigen Linien ihres Körpers wie eine Skisprungschanze aussahen. Sie kniff die Augen zusammen und strich sich mit einer trägen Handbewegung die Haare aus der Stirn:

»Wenn du so rührend hilflos aussiehst, würde ich dir am liebsten die Wange tätscheln und sagen: Wie alt wirst du denn heute, mein Kleiner? Beginnst du bald mit der Schule?«

Ich ging zur ihr hinüber und sah ihr lange ins Gesicht. Es war so ruhig, so entspannt, und ihre Augen begegneten meinen so klar und offen, dass ich mich darin spiegeln konnte.

Ich legte meine Wange auf ihren Kopf und sagte nichts. Ganz still standen wir so da. Es war eine bedingungslose

Liebkosung, die plötzlich eine so starke Wirkung auf mich hatte, dass etwas, das einem Weinen ähnelte, kurz davor war, aus mir hervorzubrechen.

Behutsam nahm ich ihren Kopf zwischen meine Hände und küsste ihre Augen, wollte etwas sagen, spürte aber, wie mir die Stimme versagte.

Wir blieben ganz nah beieinander stehen und sahen auf die Dächer hinaus.

»Sieh mal, es regnet«, sagte sie leise.

»Nein, ich sehe nur Sonnenschein. Und ich habe das Gefühl, er kommt von dir!«

»Mein dummer Lyriker. Siehst du nicht, dass es regnet. Mindestens zehn Millimeter bei normalerweise null Komma fünf. Stell dir vor, Regen im März!«

Lange standen wir so da und sahen auf die glänzend nassen Dächer.

Vor dem Mittagessen schickte sie mich für einige Besorgungen hinaus. Um ihr zu zeigen, wie dankbar ich war, wollte ich ihr irgendetwas kaufen, aber ich war schon immer ungeschickt gewesen in solchen Dingen. Also wurden es Rosen.

Als ich wieder nach Hause kam, hatte sie sich umgezogen, der Tisch war gedeckt und überall standen frische Blumen. Sie freute sich trotzdem über meine Rosen.

»Weißt du, dass das die ersten Blumen sind, die du mir schenkst?«, fragte sie.

»Du vergisst die große Dahlie, die ich letzten Sommer für dich gestohlen habe. Übrigens habe ich gehört, es soll ein schlechtes Zeichen sein, wenn ein Ehemann seine Frau mit Blumen überhäuft. Das bedeutet ein schlechtes Gewissen.

»Und das hattest du nicht – bis heute?«

»Auch heute nicht. Ich bin bloß dankbar und glücklich und weiß nicht recht, wie ich es ausdrücken soll.«

»Das kann ich dir sagen. Du könntest mir einen Kuss geben.«

»Das ist zu billig.«

Sie sah mich einen Moment lang ernst an:

»Vielleicht lege ich mehr Wert darauf als du.«

»Du verstehst mich falsch. Ich meine, dass ein Kuss beinahe eine Gegenverrechnung ist und meine Dankesschuld nicht verringert. Im Gegenteil.«

»Dann brauchen wir uns also nicht mehr zu küssen?«

»Wir werden nichts anderes tun!«

Wir lagen bis spät in die Nacht wach und gelobten uns, alle Tage würden sein wie dieser.

Es tut weh, jetzt an diesen Tag zurückzudenken.

Ich merkte oft, dass sie misstrauisch und eifersüchtig war.

Wenn ich etwas später nach Hause kam als versprochen – ganz gleich, ob zu Mittag oder abends –, oder wenn sie merkte, dass ich mir ein Glas genehmigt hatte, ging sie ohne Weiteres davon aus, ich hätte sie betrogen. Sie hatte eine Art fixe Idee, ich sei irgend so ein verfluchter Aufreißer, der es mit einer einzigen Frau selbstverständlich nicht aushielt.

Sie spionierte mir sogar nach. Eines Abends, als ich bei einem Vortrag im Verkehrsclub gewesen war, stand sie draußen und wartete auf mich, als ich rauskam. Sie versuchte, so zu tun, als wollte sie mich nur abholen kommen, war dann aber verwirrt, weil ich sie durchschaut hatte. Trotzdem sagte ich nichts, weil sie mir leidtat. Denn obwohl dieses Misstrauen lästig und ärgerlich war, wusste ich, um wie viel schlimmer es für sie war. Und vor allen Dingen war ich nicht so dumm, nicht zu begreifen, dass sich darin trotz allem ihre Liebe zu mir ausdrückte.

Es gab nicht die geringste Grundlage für diese Eifersucht. Seit Beginn unserer Beziehung war ich nicht einmal in die Nähe einer anderen Frau gekommen.

Dafür gab es so viele Gründe.

Erstens hatte ich ausreichend Erfahrungen gesammelt, weshalb ich, was Frauen betraf, keine sonderlich große Neugier mehr verspürte. Zweitens liebte ich sie aufrichtig. Und im Übrigen reichten meine Kapazitäten kaum aus, um ihren hohen Ansprüchen gerecht zu werden. Ich glaube, es sind nur unbefriedigte Menschen und sexuelle Freiberufler, die – dank ihrer eher periodischen Tätigkeit – den Mythos vom erotischen Übermenschen geschaffen haben, auf den man ja auch am ehesten bei richtig jungen Menschen und Personen stößt, die das Alter in eine Art hektische Nachblüte getrieben hat.

Nein, ich habe sie nie betrogen. Aber ich verstand sehr gut, weshalb sie, mit ihrem nervösen Temperament, auf so einen Gedanken kommen konnte.

Wir hatten uns auf eine etwas seltsame Art kennengelernt und waren einander ohne großes Herumreden verfallen. Vielleicht hätten wir beide Grund gehabt, uns gegenseitig der Leichtlebigkeit zu verdächtigen. Am Anfang war es eine rein sexuelle Anziehung gewesen, die uns zueinander geführt hat. Und wahrscheinlich entwickelte sie in dieser ersten Zeit übertriebene Vorstellungen von mir als Liebhaber.

Als ich mich dann nach und nach auf ein Leben außerhalb des Schlafzimmers einzustellen versuchte und deshalb weniger Zeit hatte, sie zu verehren, glaubte sie sofort, ich würde meinen enormen Überschuss auf andere Frauen verteilen.

Im April gab es eine erhöhte Nachfrage nach Autos, und ich hatte täglich mit Käufern zu tun. Oft fanden bis in den späten Nachmittag hinein Probefahrten statt, denn bei Privatautos wollen auch Ehefrauen und erwachsene Kinder gern ein Wörtchen mitreden.

Dadurch kam ich ständig zu spät zu den Mahlzeiten. Das ärgerte sie, wobei sie es meistens verhältnismäßig gelassen nahm.

Eines Tages Anfang Mai kam ich gegen sechs nach Hause. Ich hatte praktisch einen Verkauf in der Tasche und freute mich darauf, ihr davon zu erzählen.

Sie hatte offenbar nach mir Ausschau gehalten, denn sowie ich aus dem Aufzug stieg, öffnete sie die Eingangstür.

Ich merkte sofort, dass sich da etwas zusammenbraute. Ihre Augen waren hart wie Glas, und ihr Gesicht war blass vor Verbissenheit. Ich konnte sehen, wie sich die Haut über ihrem Nasenbein und den Wangenknochen spannte. Sie bekam vor Ärger oder Aufregung immer so ein seltsam schmales Gesicht.

»Wo bist du gewesen?«

Die Wörter knatterten wie eine Gewehrsalve. Ich ging an ihr vorbei in den Flur. Es war nicht nötig, das ganze Treppenhaus zu alarmieren.

»Wo bist du gewesen?«, schrie sie. »Antworte mir!«

Sie ballte die Hände zur Faust, stampfte auf den Boden und zitterte am ganzen Körper.

Ich sah demonstrativ auf die Uhr:

»Auf meiner Uhr ist es fünf vor sechs. Und zwar Abend, nicht früh am Morgen. Worüber um alles in der Welt regst du dich so auf?«

Die ängstliche, eiskalte Ruhe zog sich dicht um mich herum zusammen, und ich war kurz vorm Ersticken.

Sie kam ein paar Schritte näher:

»Du willst mir nicht antworten! Du traust dich nicht sagen, mit wem du zusammen warst! Dann werde ich es dir eben erzählen: Du bist mit Frau Doktor Krossvik aus gewesen. Ich habe euch am Vormittag mit dem Auto den Slemdalsveien hinauffahren sehen!«

Ich wandte ihren triumphierenden Augen den Rücken zu und ging ins Wohnzimmer.

Sie eilte mir hinterher und ließ die Tür hinter sich zukrachen:

»Weißt du, dass sie vor dir schon mit der halben Stadt geschlafen hat? Du Nuttenverführer!«

Ich stellte mich vor sie hin und ballte die Hände in der Tasche zur Faust, um ruhig zu bleiben:

»Es stimmt, ich habe am Vormittag Frau Krossvik nach Hause gefahren, nachdem ich ihren Mann auf der Grensen abgesetzt habe. Ich habe ihnen heute einen Wagen verkauft. Ich habe über die Moral der Frauen hier in der Stadt keine so gründliche Kenntnis wie du, aber es wäre mir völlig egal, auch wenn sie mit der *ganzen* Stadt geschlafen hätte. Mich jedenfalls hat sie nicht verführt, und das wird sie auch nicht. Ich frage die Leute nicht nach ihrer Moral, wenn ich ihnen ein Auto verkaufe.«

Steif, ohne sich zu rühren, stand sie da. Einen Augenblick glaubte ich, sie würde zur Vernunft kommen.

Dann fuhr sie mich an:

»Du lügst! Du lügst!«

Ich wich zurück, spürte aber plötzlich ihre Nägel in meiner Wange. Der Schmerz ließ den Zorn in mir brüllen. Ich weiß nicht mehr so recht, was ich sagte oder tat, doch plötzlich merkte ich, dass wir einander keuchend gegenüberstanden. Ich drückte sie gegen die Wand und hielt ihre Arme nach unten gedrückt. Ihr Puls schlug wild in ihrer Halsmulde. Ich wagte nicht, sie an mich heranzulassen. Deshalb legte ich eine Hand um ihren Hals und hielt sie mit ausgestrecktem Arm gegen die Wand. Plötzlich spürte ich die Wärme und Weichheit ihres Halses in meiner Hand, und ich ließ sie los, als ob ich mich verbrannt hätte.

Sofort gellte ihre Stimmer durchs Zimmer:

»Bring mich doch um! Nur zu, bring mich doch um!«

»Mich so weit zu treiben, wird dir nicht gelingen«, sagte ich und spürte, dass mir das Sprechen schwerfiel. »Ich gehe jetzt.«

Draußen im Flur sah ich im Vorbeigehen kurz mein Gesicht im Spiegel aufblitzen. Ich erkannte mich kaum wieder. Die Augen lagen weit hinten in meinem Kopf.

Als ich an die Luft kam, verspürte ich ein heftiges Hungergefühl.

Die Gedanken, die mir im Kopf hämmerten, waren qualvoll und verworren. Ich hatte sie nicht unter Kontrolle. Sie hackten und hackten einfach drauflos: Du wirst verrückt. Du wirst völlig verrückt. Scheiße. Scheiße. Damit muss jetzt Schluss sein. Damit muss jetzt Schluss sein!

Plötzlich schlitterte ein Auto mit quietschenden Reifen direkt auf mich zu. Ich sah ein wütendes Gesicht und fuchtelnde Arme. Ich sah, dass die Leute auf dem Gehweg stehen blieben und mich ansahen. Gleichzeitig drangen mir alle Verkehrs- und Straßengeräusche ins Gehirn. Es war, als würde ich aufwachen: Ich stehe an der Ecke Kirkeveien und Suhms gate. Es ist acht Minuten nach halb sieben, und ich bin hungrig.

Während ich langsam weiterging, kroch eine krampfartige Müdigkeit in meinen Körper.

Ich fand einen ungestörten Platz ganz hinten im ersten Stock des »Valkyrien«. Vor dem Essen kippte ich einen Klaren. Zum Essen trank ich noch einen. Die erwiesen sich als hilfreich. Ich beruhigte mich, und mein Hirn arbeitete wieder einigermaßen normal und sachlich.

Auch ich war mitschuldig. Hätte es von Anfang an etwas anders angehen können. Hätte nicht so abweisend und ironisch sein müssen. Wenn diese Frau Krossvik so eine Schlampe war, war das allein vielleicht schon Grund genug, alle Männer zu verdächtigen, die in ihre Nähe kamen. Hübsch war sie, und attraktiv – obwohl sie ein wenig schwabblig und formlos war.

Zumindest hätte ich mich nicht unbedingt aufführen müssen wie ein beleidigter Josef, wenn ich schon zu spät zum Essen kam. Vielleicht war es gerade meine ständige Angst vor Auseinandersetzungen und Skandalen, die genau das auslöste.

Sie hatte zwar viele grausame Dinge zu mir gesagt, aber ich wusste ja, dass sie während solcher Ausbrüche nicht für das verantwortlich war, was sie sagte. Manchmal erinnerte sie sich hinterher nicht einmal daran. Seltsam, wie erschreckend gemein und ordinär solche netten Mädchen werden konnten, wenn sie erst einmal die Kontrolle verloren. Dasselbe, wenn sie betrunken waren. Sie konnten Dinge sagen und tun, die eine alte, erfahrene Nutte zum Erröten brächte. In den Irrenanstalten haben sie gewiss dieselben Erfahrungen gemacht –

Saß sie jetzt womöglich verzweifelt zu Hause?

Ich verspürte den Drang, diesen ganzen Krieg abzublasen, und ging zur Telefonzelle, um sie anzurufen.

Ihre Stimme war rau, und sofort, als sie hörte, wer dran war, legte sie den Hörer auf.

Ich setzte mich wieder und bestellte einen Whisky-Soda. Sollte sie doch ein wenig Zeit für sich haben. Ich war fest entschlossen, diesen Lärm aus der Welt zu schaffen. Dann könnten wir später – morgen vielleicht – versuchen, uns ordentlich über unsere Ehe auszusprechen.

Es war gut und gerne neun Uhr, als ich heimging. Ich hatte weder Hut noch Mantel an, und die kühle Abendluft ließ mich wacker ausschreiten. Eine milde, ruhige Stimmung war in mir angewachsen. Ich wollte sie in den Arm nehmen und alles wegstreicheln, was am Nachmittag vorgefallen war. Sie war ein Kind. Das musste ich einmal verstehen lernen und sie dementsprechend behandeln.

Als ich den Schlüssel herumdrehte und die Sicherheitskette bemerkte, war das wie ein Schlag ins Gesicht. Wir benutzten diese Kette sonst nie.

Ich drückte den Finger auf die Klingel und ließ ihn dort. Es schrillte durchdringend im Flur.

Ich hörte das Öffnen einer Tür und Schritte, die sich mir näherten.

»Lass mich rein!«

Anstatt zu antworten, stieß sie die Tür fest zurück ins Schloss.

Meine Hand zitterte, als ich wieder aufschloss und an der Tür rüttelte, dass die Kette klapperte.

»Lass mich rein, hörst du!«

Ihre Stimme war seltsam ruhig.

»Ich will dich hier nicht sehen. Geh, geh! Wenn du nicht gehst, rufe ich die Polizei!«

Diese letzte Drohung gab meinen noch verbliebenen guten Vorsätzen wahrscheinlich den Rest. Ich warf mich gegen die Tür, die unter meinem Körper leicht nachgab, aber sie hielt. Nur die schmale Glasscheibe zerklirrte auf dem Fußboden. Ich hörte sie irgendetwas schreien, und darüber verlor ich völlig die Beherrschung. Ich hämmerte mit den Fäusten an die Tür, trat mit den Füßen dagegen und schimpfte und fluchte natürlich, aber ich erinnere mich nicht, was ich gesagt habe.

Einer der Nachbarn einen Stock tiefer trat in den Treppenaufgang und rief mir etwas zu. Ich forderte ihn auf, sich um seine eigenen Angelegenheiten zu kümmern. Ich entdeckte auch noch andere Gesichter unten auf der Treppe, beachtete sie aber nicht.

Ein paarmal versuchte ich es mit Rufen, aber sie antwortete nicht. Dann setzte ich mich beschämt und gedemütigt auf die oberste Stufe.

Kurz darauf kam die Polizei. Sie waren zu zweit. Der eine etwas älter und vierschrötig, der andere jung und groß. Der ältere von ihnen führte das Wort:

»Was'n hier los?«

»Ich versuche, in meine Wohnung zu kommen«, sagte ich. »Ich wusste nicht, dass das Sache der Polizei ist.«

Er ging zur Tür, die jetzt angelehnt war.

Ich hörte wieder ihre Stimme:

»Ich will ihn nicht hier drin haben!«

Das Treppenhaus war inzwischen voller Menschen. Sie beobachteten das Ganze von dort unten.

»Doch. Sie müssen uns reinlassen«, sagte er. »Wir können nicht hier draußen herumstehen.«

Die Tür wurde geöffnet, und er gab mir mit einem Zeichen zu verstehen, ich solle eintreten. Beide folgten dichtauf.

Sie war nicht im Flur, und ich ging weiter ins Wohnzimmer.

Sie stand mit verschränkten Armen neben dem Kamin und sah aus wie eine Rachegöttin. Ich vermied es, sie anzusehen, nahm mir eine Zigarette und warf mich auf einen Stuhl.

Der jüngere der Polizisten blieb bei der Tür stehen. Er langweilte sich ziemlich offensichtlich. Der andere trat näher.

»Ist dieser Mann Ihr Ehemann?« Er nickte in meine Richtung.

»Ja, leider«, sagte sie und schüttelte trotzig den Kopf. »Aber Sie müssen ihn mitnehmen. Hier kann er nicht bleiben.«

Er verschränkte die Hände hinter dem Rücken und sah abwechselnd sie und mich an.

»Meinen Sie damit, dass es gefährlich wäre, zusammen mit ihm im Haus zu bleiben?«

Ohne eine Antwort abzuwarten, wandte er sich an mich: »Haben Sie getrunken?«

»Zwei Klare zum Essen und danach einen Whisky-Soda«, sagte ich.

»Er braucht nicht betrunken zu sein, um brutal zu werden«, sagte sie. »Am Nachmittag hat er mich an der Kehle gepackt und gedroht, mich umzubringen. Jetzt hat er dort draußen Sachbeschädigung begangen. Nehmen Sie ihn einfach mit und sperren Sie ihn ein.«

Es gefiel ihm nicht, Befehle von ihr erteilt zu bekommen.

»Oh, so einfach geht das nicht«, sagte er voll behördlicher Unergründlichkeit in Stimme und Mienenspiel. »Verlangen Sie, dass Ihr Mann verhaftet, angeklagt und bestraft wird?«

Sie warf den Kopf zurück und schaute mitten durch ihn hindurch, als wäre er Staub.

»Selbstverständlich. Was glauben Sie denn, weswegen ich Sie sonst herbemüht hätte? Wenn es Ihnen nicht passt, zu tun, was ich sage, kann ich gerne Ihren Vorgesetzten anrufen!«

Ich sah, dass er kurz davor war, ihr eine barsche Antwort zu geben, aber er hielt sich zurück und wandte sich stattdessen an mich:

»Bestätigen Sie die Richtigkeit dieser Anzeige? Haben Sie sie an der Kehle gepackt und sie mit dem Tod bedroht?«

»Nein«, sagte ich. »Wir haben gestritten, und ich habe vielleicht Dinge gesagt und getan, die ich bereue, aber ich verstehe nicht, weshalb sich die Polizei in diese Angelegenheit einmischen sollte.«

Eigentlich hatte ich das Gefühl, ich würde lügen, als ich das sagte, aber das alles war wie ein großes Spiel – es schien mir, als stünden meine Figuren gar nicht so schlecht, und ich war nicht gewillt aufzugeben. Wäre ich damals ein wenig ehrlicher gewesen, wäre es am Ende vielleicht anders ausgegangen.

Er sah mich eine Weile an, ohne etwas zu sagen. Dann wandte er sich wieder an sie:

»Und Sie halten an Ihrer Anzeige fest?«

Sie klopfte mit einer zornigen Bewegung die Asche von der Zigarette:

»Ja, darauf können Sie Gift nehmen!«

»Gut, dann müssen Sie mit aufs Revier kommen, Sie beide, und eine Aussage machen.«

Er trat ungeduldig ein paar Schritte auf die Tür zu.

Da fuhr sie hoch:

»Muss *ich* denn unbedingt mitkommen? Ich habe sowohl am Telefon als auch vor Ihnen eine Aussage gemacht, und die Sachbeschädigung haben Sie ja selbst gesehen. Und dann sollte *ich* aufs Revier mitkommen müssen! Lächerlich!«

Sie war jetzt völlig hysterisch, und das letzte Wort spuckte sie förmlich aus. Der junge Polizist starrte sie ganz entzückt an.

Der andere stemmte die Hände in die Seiten. Es war, als würde er sich aufblasen, aber seine Worte waren ruhig und schwerfällig:

»Ich werde Ihnen etwas sagen, verehrte Frau: Wir sind keine Kindermädchen, und es gibt Regeln, nach denen wir vorgehen müssen. Wenn Sie die lächerlich finden, können Sie ja den – den Polizeidirektor anrufen! Kommen Sie nun mit oder möchten Sie in dieser Angelegenheit doch keine polizeiliche Hilfe in Anspruch nehmen?«

Eine kurze, gespannte Pause entstand.

Ich fürchtete mich davor, mit ihr allein zu bleiben. Deshalb sagte ich:

»Können wir das mit der Aussage nicht morgen regeln? Ich kann heute Nacht im Hotel schlafen, dann gibt es hier zumindest keinen Radau mehr.«

Er nickte leicht und sah zu ihr hin:

»Sind Sie damit einverstanden?«

Sie war völlig desinteressiert und fuhr mit den Fingern auf dem Kaminregal hin und her.

Leise, aber mit Nachdruck auf jedem Wort, antwortete sie: »Es ist mir vollkommen egal, wo er die Nacht verbringt, solange Sie nur dafür sorgen, dass er das Haus verlässt.«

Ich ging ins Schlafzimmer und packte einen Pyjama, ein Hemd und Toilettensachen in eine Aktentasche. Beim Gehen versuchte ich, ihr zum Abschied ein Nicken zukommen zu lassen, aber sie wollte mich nicht ansehen.

Ich durfte im Polizeiauto nach Majorstua mitfahren.

»Stellen Sie jetzt nur keine Dummheiten an«, sagte er väterlich, als ich ausstieg.

»Nein, da können Sie sicher sein«, sagte ich. »Danke fürs Mitnehmen.«

Ich fuhr mit der U-Bahn zum Nationaltheater und bekam ein Zimmer im Continental. Der leichte Schwips und die Anspannung waren wie weggeblasen, und ich war hundemüde.

Ich schlief sofort ein.

Um halb neun klingelte das Telefon. Ich wusste, wer es war, lange bevor ich ganz wach war.

»Morgen«, sagte sie.

»Morgen«, sagte ich. »Wie konntest du wissen, dass ich hier bin?«

»Ich habe herumtelefoniert. So viele Hotels kommen ja nicht infrage.«

»Hm.«

Es entstand eine Pause.

»Bist du noch dran?«, fragte sie.

»Ja.«

»Ich würde gern mit dir frühstücken.«

»Dann kommst du am besten gleich.«

Ich zog mich an und machte mich fertig.

Als sie in der Tür stand, erkannte ich sofort, dass das Barometer auf Schönwetter stand. Die Scham war von ihren Augen abzulesen, und sie flehte aus tiefster Seele, alles wäre vergessen. Aber ich hatte nicht vor, sie diesmal so leicht davonkommen zu lassen.

»Sollen wir hier oben essen?«, fragte sie.

»Nein, ich habe unten reserviert. Wir gehen jetzt gleich.«

Gewissenhaft unterhielten wir uns eine Weile über Belanglosigkeiten. Fast wie zwei alte Bekannte, die sich zufällig getroffen hatten.

Plötzlich nahm sie meine Hand und sah mir in die Augen:

»Kannst du mir verzeihen?«

»Ja, aber ich glaube, wir müssen eine Art und Weise des Zusammenlebens finden, die solche Vorfälle wie gestern ausschließt.«

Ich versuchte, alles zu sagen, was ich mir vorgenommen hatte, stellte aber fest, dass ich das im Grunde schon viele Male gesagt hatte. Und mit glücklichem, fröhlichem Blick stimmte sie mir zu. Genau wie früher. Trotzdem war ich erleichtert und froh, dass sie hier war.

»Weißt du was?«, sagte sie. »Ich glaube, unser Problem ist, wir müssen an niemand anderen denken außer an uns selbst. Das macht mich so nervös und unruhig. Wenn du außer Haus bist, mache ich mir ständig Gedanken darüber, wo du bist und was du tust. Dann kommt es mir immer vor, als würde es dir ohne mich am besten gehen. Das sind die Momente, in denen das Böse in mir wächst.«

Sie schwieg und schaute ins Leere.

Ich dachte: Unglaublich, dass das derselbe Mensch ist,

der mich gestern festnehmen lassen wollte. Ich hätte nie gedacht, dass sie *so* weit gehen würde.

Sie nahm wieder meine Hand:

»Ich will ein Kind mit dir«, sagte sie leise.

Ich konnte es kaum hören.

»Meine Liebe, meine liebe, kleine Frau«, sagte ich.

Ihre Finger tasteten sich unter meinem Sakkoärmel empor. Ich konnte ihre Augen nicht sehen, wusste aber, wo sie waren.

»Lass uns auf dein Zimmer gehen«, sagte sie.

Ich kann immer nur abends hier sitzen und schreiben. Den ganzen Vormittag arbeite ich in der Tischlerwerkstatt. Weil ich mich gut mit Maschinen auskenne, wurde ich zur Betreuung der Drehbank eingesetzt. Die Arbeit ist in Ordnung und ziemlich abwechslungsreich. Obwohl einige der anderen Häftlinge prima Kerle zu sein scheinen, bleibe ich meistens für mich.

Im Winter komme ich übrigens nur wenig zum Schreiben, weil sie abends das Licht so früh ausmachen. Aber jetzt im Sommerhalbjahr kann ich ziemlich lange heimlich im Licht sitzen bleiben, das durch das Fenster hereinfällt. Die Wärter, die ihre Runden drehen, haben mich längst als ruhig und umgänglich kennengelernt, die stören mich also nie.

Anfangs habe ich mir recht fleißig Bücher aus der Bibliothek ausgeliehen. Ich habe Nansen und Amundsen gelesen.

Aber sie ist mir nie aus dem Kopf gegangen. Dann habe ich aufzuschreiben begonnen, was mir passiert ist. Teils zum Zeitvertreib, teils deshalb, um womöglich einen Zusammenhang und einen Sinn darin zu erkennen. Nach und nach aber wurden alle anderen Motive von einem einzigen überschattet: Auf die Art konnte ich wieder mit ihr zusammen sein.

Ich sitze hier jetzt seit bald zwei Jahren und habe nicht mehr viel länger als ein Jahr. Wahrscheinlich komme ich auf Bewährung raus.

Es ist eigenartig. Am besten erinnere ich mich an das, was am weitesten zurückliegt. Je näher ich dem Schluss komme, desto unklarer werden die Einzelheiten. Der letzte Sommer und das Gerichtsverfahren sind wie miteinander verschmolzen. Die Wochen im Gericht und die psychiatrische Beobachtung haben unsere letzten gemeinsamen Monate beinahe ausgelöscht.

Als sie mir erzählte, sie wolle Kinder haben, hat mich das schwer beeindruckt. Es wäre nicht richtig zu sagen, es habe mich fröhlich gestimmt. Eher wurde ich von einer glücklichen Hilflosigkeit übermannt, die so stark und unvorbereitet aus mir herausdrängte, dass ich mich sehr zusammenreißen musste, um die Tränen zurückzuhalten. Ich erinnere mich, dass ich zum Fenster hinüberging, um mich zu wieder sammeln, und erst dann ungezwungen mit ihr reden konnte. Sie merkte es und sagte nichts, stand aber lange ganz nahe neben mir und strich mir übers Haar.

Trotzdem lief es nicht gut zwischen uns. Es kam zwar zu keinen größeren Ausbrüchen, aber wir gingen uns mit tausend Kleinigkeiten auf die Nerven. Früher hatten die Ausbrüche zumindest reinen Tisch gemacht und uns jedes Mal wieder näher zueinandergeführt. Jetzt war es, als würde sich alles zwischen uns aufstauen. Mehrmals war ich kurz vorm Überkochen, konnte mich aber beherrschen. Ich weiß, dass das mit dem Gedanken an das Kind zu tun hatte.

Ständig stritten wir uns, weil ich fand, sie rauche und trinke zu viel. Überhaupt soffen wir beide mehr, als gut für uns war.

Ich bekam immer mehr das Gefühl, eine Aufgabe übernommen zu haben, der ich nicht gewachsen war. In depressiven Phasen, die mehrere Tage anhalten konnten, streifte mich mitunter der Gedanke an Selbstmord. Ich glaube, einen solchen Gedanken hätte ich nie, unter keinen Umständen, in die Tat umgesetzt, aber er schien mir dennoch wie ein verlockender Ausweg.

Zwar kamen wir uns in dieser Zeit auch körperlich nahe, aber die Abstände wurden immer länger. Wir waren so wachsam geworden und nahmen so haargenau alle Nuancen wahr, dass ein Wort oder ein Blick genügen konnten, um die ganze Stimmung zwischen uns zu zerstören. Es war wie ein Kurzschluss. Dann brachen die Vorwürfe aus uns hervor. Die Worte und Missverständnisse türmten sich auf und führten von Neuem zu Angriff und Verteidigung. Oft hatte ich den Eindruck, ich wäre in einem Irrenhaus gelandet, und das zu Recht.

Ich weiß, oft war ich selbst der Auslöser für solche Szenen, was ich damals jedoch nie zugegeben hätte. Unsere Wortgefechte kannten keinen Rückzug und keine Zugeständnisse.

Allmählich waren wir uns vollkommen im Klaren darüber, dass es nicht mehr ging. Das warfen wir uns auch ein ums andere Mal gegenseitig an den Kopf, aber das waren nur leere Drohungen. Keiner von uns hatte die Kraft oder die Fähigkeit, sich loszureißen.

Wir waren vermutlich nicht mehr blind vor Liebe, aber sie war trotzdem da – entgegen aller Vernunft. Hin und wieder mochte es mir vorkommen, als ob wir eine Art Spiel trieben, um einen Beweis dafür zu erbringen, wie stark die Bande zwischen uns waren. Und ich bin mir heute noch sicher, dass der Auslöser der Reibereien in der Angst begründet lag, wir könnten einander verlieren. Wir waren hilflose Sklaven unserer Liebe und voller Zweifel, ob sie auch ausreichend stark und innig erwidert wurde. Bisweilen glaubte ich, sie würde alles dafür geben, mich zu Tode zu quälen. Bestimmt hat sie mir gegenüber dasselbe empfunden.

Hinter all den erbitterten Worten lag ein Hoffen und ein Flehen nach Liebe. Wir verlangten so viel voneinander, dass wir vergaßen, etwas von dem Überfluss abzugeben.

Sie hatte wieder begonnen, sich mit einigen ihrer alten Freundinnen zu treffen. Ich glaube nicht, dass sie besonderen Wert auf ihre Gesellschaft legte, aber sie wusste, ich konnte sie nicht ausstehen.

Sie kamen meistens in Gruppen – zu zweit oder zu dritt – und führten lange und lautstarke Gespräche über Kleidung und Frisuren. Einige von ihnen waren wohl verheiratet oder verheiratet gewesen. Gemeinsam war ihnen allen, dass sie absolut keinen Finger krumm machten, sondern ein freies, von Luxus geprägtes Faulenzerdasein führten. Es bereitete mir ein physisches Unbehagen, mich im selben Raum mit ihnen aufzuhalten, und sobald sie auftauchten, machte ich mich aus dem Staub.

Ich hatte den Eindruck, dass sie schlecht über mich redeten und *sie* gegen mich aufbrachten, denn nachdem sie mit ihnen zusammen gewesen war, war sie immer aggressiv und widerspenstig. Sie vertrug es nicht, wenn ich ihre Freundinnen kritisierte, aber sie selbst konnte hart mit ihnen ins Gericht gehen.

Ich nahm mir mehr Zeit zum Arbeiten in diesem Frühling und verdiente ganz gut. Auf jeden Fall musste ich nicht mehr nur von ihr leben.

Mehrmals fuhr ich auswärts auf Kundenbesuch und war dann ein paar Tage weg. Doch sobald ich nach Hause kam, unterzog sie mich einem Kreuzverhör, um herauszufinden, wo und mit wem ich zusammen gewesen war. Wenn ich müde war von der Fahrt und nicht schnell und präzise genug antwortete, beschuldigte sie mich sofort, ich hätte sie betrogen.

Dann wieder war ich gerührt, wie glücklich sie war über meine Rückkehr und wie sie alles tat, was sie konnte, um es mir angenehm zu machen und mich zu verwöhnen.

»Du darfst mich nicht satthaben, wenn ich in anderen Umständen bin«, konnte sie sagen. »Ich weiß, ich bin manchmal ungerecht, aber ich verspreche dir, alles wird besser, sobald ich das erst einmal hinter mir habe.«

Das war eine Art Trost, der uns einander wieder näherbrachte, aber eigentlich glaubte keiner von uns wirklich daran.

Wir lebten in den Tag hinein und fürchteten uns beide davor, was der nächste bringen würde.

Wenn ich hier im blassgrauen Abendlicht sitze und in den Erinnerungen aus dieser Zeit krame, taucht dabei immer nur das graue, schnarrende Alltagsleben auf, und die Gedanken wollen dort anhalten. Sie weigern sich weiterzugehen, würden am liebsten zu den Lichtblicken zurückkehren. Ich spüre einen heißen Schauer durch mich hindurchströmen, wenn ich an unsere erste Begegnung und unseren ersten gemeinsamen Sommer zurückdenke. Jetzt – hinterher – wird diese Zeit von Flutlicht bestrahlt. Halte ich mich aber zu lange dort auf, dann tut es weh, auch das.

Da muss ich durch.

Ich war drei Tage in Sandefjord gewesen. Außer einem großen Achtzylinder, den ich einem Walfänger verkauft hatte, hatte ich mit einem Zahnarzt einen Vertrag für ein zweisitziges Cabrio abgeschlossen. Und dann waren da auch noch ein paar andere Leute, von denen ich glaubte, dass sie sich zum Kauf entschließen würden. Ich sah das Leben in rosigem Licht.

Um drei herum kehrte ich in die Stadt zurück und fuhr direkt nach Hause.

Als ich aufgeschlossen hatte und in den Flur trat, war ich überrascht, wie still es in der Wohnung war. Ich schaute in die Küche. Auf dem Tisch neben dem Fenster standen eine leere Sherryflasche und drei Gläser. Sie hatte also Besuch von ihren Freundinnen gehabt. Ansonsten war es leer und aufgeräumt. Nichts deutete darauf hin, dass es bald Essen geben würde. Ich verspürte ein Hungergefühl.

Im Esszimmer und im Wohnzimmer war alles geordnet und verlassen. Das Balkonfenster stand offen, aber die Luft war heiß und stickig. In dem Sonnenstreifen, der auf den Fußboden fiel, lag einer ihrer Handschuhe. Er lag da wie eine tote Hülle. Ich blieb stehen, sah ihn an und wunderte mich einen Moment lang, weshalb er mich erschreckte. Den zweiten entdeckte ich auf dem Tisch beim Kamin. Dort lag auch ihre Handtasche.

Ich ging schnell durchs Esszimmer und öffnete die Schlafzimmertür.

Sie saß im Bett, das Kissen im Rücken, und feilte sich die Nägel. Sie war blass und hob kaum den Blick, als ich hereinkam.

»Du bist zu Hause?«, sagte ich.

»Wie du siehst. Wo sollte ich sonst sein?«

Sie richtete zwei farblose Augen auf mich.

Jetzt war sie wieder die betrogene Ehefrau. Die leicht misshandelte, werdende Mutter lag wohl auch in dem Blick.

Auf ihrem Nachttischchen standen ein kleiner Teller mit Keksen und ein zur Hälfte geleertes Weinglas.

Ich hörte meine Stimme, mild und versöhnlich wie die eines Predigers:

»Liebes, du bist doch nicht krank?«

Sie feilte sich weiter die Nägel mit wilden, weit ausholenden Strichen, ohne zu antworten.

Ich setzte mich neben sie aufs Bett. Sie hatte wieder die kleine Falte im linken Mundwinkel, die ausdrücken sollte, sie habe mir nichts zu sagen.

Ich weiß nicht, welcher Übermut mich zu dem Versuch veranlasste, diese Zurückweisung gewaltsam zu durchbrechen. Als ich mich zu ihr beugte, um ihr einen Kuss zu geben, wandte sie den Kopf ab, und ich streifte nur ihre Wange.

»Wo hast du gesteckt?«, fragte sie mit müder Gleichgültigkeit in der Stimme und feilte sich, ohne aufzusehen, weiter die Nägel.

Ich erhob mich demonstrativ und ging durchs Zimmer, bevor ich mich ans Fußende des Bettes stellte:

»Soso, bist du also wieder in dieser Laune. Ich dachte, es sei bei meiner Abreise völlig klar gewesen, dass ich ein paar Tage weg sein würde.«

Ich atmete tief und langsam, um den Zorn zu unterdrücken, der irgendwo in meiner Brust hervordrängte.

Sie ließ die Hände auf die Bettdecke fallen und musterte mich. Ihre Brust hob und senkte sich heftig. Ihre Stimme war überraschend ruhig, aber ihre Worte kamen stoßweise:

»Eigentlich bin ich froh, dass du so lange weg warst. Dadurch hatte ich Zeit zum Nachdenken, ohne dich hier herumlümmeln zu haben. Und eines habe ich dabei herausgefunden: Du scherst dich einen Dreck um mich, und jetzt habe ich die Konsequenzen gezogen: Ich schere mich auch einen Dreck um dich!«

Ich fuhr mir mit der Hand übers Gesicht und fand dort den Ausdruck, den ich auch sonst immer zur Verteidigung aufsetzte.

»Du hattest Besuch von deinen Freundinnen, wie ich höre«, sagte ich und zuckte mit den Schultern. »Übrigens habe ich das inzwischen schon so oft gehört, dass ich die Nase voll davon habe.«

Sie war jetzt in sehr großer Erregung. Augen und Mund waren zusammengekniffen, und ich hörte ihren Atem wie eine zischende Pumpe.

Ich ging zur Badezimmertür und öffnete sie. Bevor ich sie hinter mir schloss, drehte ich mich zu ihr um. Sie hatte die linke Hand zur Faust geballt und hielt sie sich an die Stirn. Ihre Haare verdeckten fast das ganze Gesicht. Mit der Rechten rammte sie die lange Nagelfeile in die Bettdecke, wobei bei jedem Stich ein kurzes Reißgeräusch zu hören war.

»Schade um Ihre Decke, Frau Gemahlin«, sagte ich. »Gute Besserung.«

Sie rief mir etwas nach, als ich die Tür schloss. Ich blieb vor dem Spiegel stehen und betrachtete mein Gesicht. Dachte an nichts, aber ich erinnere mich an ein großes, alles verschlingendes Gefühl: Ich tat mir selbst leid.

Sie schrie noch immer da drin. Ich hörte nicht, was, aber es durchzuckte mich jedes Mal im ganzen Körper. Ich dachte: Wenn du dich selbst im Spiegel anpustest, fällst du um.

Da riss sie plötzlich die Tür auf. Vor dem Fenster zeichnete sich die Silhouette ihres Körpers deutlich unter dem dünnen Nachthemd ab. Sie hatte sich eine Zigarette angezündet und rauchte in schnellen, wütenden Zügen.

»Hörst du nicht, dass ich mit dir REDE! HÖRST DU NICHT, DASS ICH MIT DIR REDE?«

Sie sagte das sicherlich mehrmals und noch eine Menge andere Dinge, aber ich stand nur da und wiederholte für mich: Du darfst jetzt nichts mehr sagen. Du darfst jetzt nichts mehr sagen. Sag jetzt nichts mehr. Du darfst jetzt nichts –

Dann traf sie mich mit diesen Worten, die sich mir wie Pfeilspitzen ins Gehirn bohrten:

»DU WIRST NICHT MEHR VATER. ICH HABE ES WEGGEMACHT.«

Ich sah den leuchtenden Triumph in ihren Augen, als sie bemerkte, wie sehr die Worte mich verletzten.

»Nein«, schrie ich. »Nein! NEIN! NEIN!«

Es gab keine Wörter mehr in mir, und als ich auf sie zuging, war ich kein Mensch mehr.

Sie wich Schritt für Schritt vor mir zurück, und ich sah, wie ihr Blick starr und ängstlich wurde. Kurz bevor ich bei ihr war, warf sie sich vors offene Fenster und schrie um Hilfe.

Ihr Schreien jagte mir eine Heidenangst ein. Kurz konnte ich unten auf der Straße Menschen stehen bleiben sehen, deren weiße Gesichter zu uns nach oben gewandt waren, dann zerrte ich sie vom Fenster weg.

Ich schleuderte sie quer übers Bett und warf mich auf sie, damit sie unten blieb. In diesem Moment verwahrte ich mich in wilder Angst gegen die Polizei und den Skandal. Je mehr sie schrie, desto größer wurde meine Angst.

Ich weiß nicht, wie sie ihren rechten Arm freibekommen hatte, doch plötzlich blitzte etwas in ihrer Hand auf. Ich zog den Kopf zwischen die Schultern ein und spürte, wie sich die Nagelfeile über meinem linken Auge in meine Stirn bohrte, an der Nase hinabrutschte und erst von der Oberlippe aufgehalten wurde.

Das Blut floss über ihre Brust und blendete mich.

Bericht des 1. Zeugen, Kristian Dahl, 23 Jahre, Polizist, Wohnsitz Uranienborgveien 7, mit dem Beschuldigten weder verwandt noch verschwägert, vertraut mit der Wahrheitspflicht:

Der Zeuge (Z.), der am 24. August im Hauptrevier Bereitschaftsdienst hatte, nahm um 16:10 Uhr einen Anruf von einem Mann aus einer Wohnung im Kirkeveien 28 entgegen, der angab, in der Wohnung einen Stock oberhalb eine Frau um Hilfe rufen gehört zu haben. Der Z. und Polizeibeamter

Gundersen, Dienstnr. 126, fuhren sofort an den genannten Ort. Bei Ankunft des Streifenwagens hatten sich 20–30 Menschen auf der Straße versammelt, die sehr verängstigt waren, und der Z. erinnert sich, einige hätten ihnen zugerufen, sie sollten sich beeilen. Als sie im sechsten Stock ankamen, hätten sie zunächst kräftig geklingelt und an die Tür geklopft, doch da niemand geöffnet habe, wurde die Tür sofort aufgebrochen. Alle Türen zum Flur waren geschlossen. Der Z. probierte der Reihe nach, sie zu öffnen. Das erste Zimmer, eindeutig ein Dienstmädchenzimmer, war leer, desgleichen die Küche. Danach gingen der Z. und Gundersen in die Wohnräume, die ebenfalls leer waren. Aus dem Esszimmer führte eine Tür ins Schlafzimmer. Beim Öffnen der Tür sah der Z. die Ehefrau quer über dem Doppelbett auf dem Rücken liegen, im Nachthemd, mit Blut auf Brust und Gesicht. Der Beschuldigte stand mit dem Rücken zu ihnen am Fenster. Als er sich umwandte, sah der Z., dass auch sein Gesicht sowieso Hemd und Sakko blutverschmiert waren. Er habe geistesabwesend, aber seltsam ruhig gewirkt. »Kommen Sie nur«, sagte er. »Ich habe auf Sie gewartet.« Der Z. ging zum Bett und stellte den Tod der Ehefrau fest, wobei die Leichenstarre noch nicht eingesetzt hatte. Der Beamte Gundersen wandte sich an den Beschuldigten mit den Worten: »Jetzt haben Sie Ihre Frau umgebracht.« – »Ja«, antwortete dieser, »ich glaube, das habe ich.« Der Beschuldigte war nahezu apathisch, doch seine Atmung ging schnell wie nach einem Lauf oder einer anderen körperlichen Anstrengung. Dem Z. fiel eine hässliche Wunde über dem rechten Auge sowie ein Schnitt am Nasenrücken auf. Seine Oberlippe war beinahe gespalten.

Der Beschuldigte bat darum, sich waschen zu dürfen, der Z. erlaubte es ihm, und Gundersen begleitete ihn ins Badzimmer.

Bei der näheren Untersuchung der Leiche durch den Z. stellte dieser fest, dass der Tod vermutlich durch Erwürgen eingetreten war, was sich später als richtig herausstellte. Alles Blut stammte von der Wunde des Beschuldigten.

Als der Beschuldigte wieder ins Schlafzimmer trat, wurde er von dem Z. gefragt, wie es zu der Wunde in seinem Gesicht gekommen sei. Der Beschuldigte antwortete, seine Frau habe ihn mit einer Nagelfeile gestochen. Die Feile, die später im Bett gefunden wurde, war verbogen und blutig. Ein Stuhl war umgekippt und eine Nachttischlampe zerbrochen. Ansonsten gab es in der Wohnung keine sichtbaren Spuren eines Kampfes.

Nachdem der Beschuldigte Hemd und Sakko gewechselt hatte, stand er lange neben der Toten und betrachtete sie, sagte aber nichts, und es war unmöglich, eine Gemütsbewegung an ihm zu beobachten.

Er folgte uns ruhig, als wir uns zum Gehen aufmachten, bat aber darum, durch die Wohnräume gehen zu dürfen. Er blieb stehen und murmelte etwas, das der Z. nicht deutlich vernehmen konnte, was sich aber anhörte wie, dies habe er die ganze Zeit befürchtet.

Polizeibeamter Gundersen kümmerte sich um die Leiche und fuhr sie in die Notaufnahme.

Vorgetr. und angenommen.

Ich war mir im Klaren darüber, was ich getan hatte. Trotzdem glaube ich, dass ich noch nie so ruhig war wie damals, als ich in dem Streifenwagen saß und all die neugierigen Gesichter durch das Drahtglas betrachtete.

Die Nervosität, die mir während der letzten Monate

im ganzen Körper Schmerzen verursacht, mir Angst gemacht und mir den Schlaf geraubt hatte, war wie weggeblasen. Zurückgeblieben war eine große, wohltuende Ruhe. Nichts konnte mir mehr etwas anhaben. Von nun an und in ferner, ferner Zukunft würden die Tage vergehen und die Dinge geschehen, ohne eine Botschaft an mich zu richten. Weder Freude noch Trauer würden mich noch erreichen. Mein Leben würde aus einem gesicherten, monotonen, gleichmäßigen Alltag bestehen, der nichts von mir verlangte, was ich nicht zu leisten imstande war. Keine Überraschungen würden mich mehr vor eine Wahl stellen oder mir schwierige Entscheidungen abverlangen. Kein Wort würde mehr etwas anderes beinhalten außer das Naheliegendste und Einfachste. Ich bräuchte nie wieder nach einer versteckten Doppelbedeutung suchen. Und ich selbst würde nur mehr »Ja, ja« und »Nein, nein« sagen, denn es gab nichts mehr, was ich erreichen wollte, und ich hatte nichts zu verbergen.

Ein Kriminalbeamter nahm eine kurze Aussage von mir auf, bevor ich in die Arrestzelle gesperrt wurde. Als der Bolzen hinter mir einrastete, hatte ich nicht das Gefühl, eingesperrt zu werden. Vielmehr wurde die ganze Welt ausgesperrt.

In dem kleinen, hellgrünen Raum roch es nach Karbol und Sägemehl, aber das erschreckte mich nicht.

Der Gefängnisaufseher hatte vor dem Gehen die Pritsche heruntergeklappt. Ich legte mich hin, und bestimmt war ich schon bald eingeschlafen.

Die Tage im Gericht waren eine Qual, weil ich das Ganze von Neuem durchleben musste. Ich war nicht darauf vorbereitet, über unsere gesamte Beziehung Bericht zu erstatten, und es gelang mir nicht, eine detaillierte Aussage über unsere erste, glückliche Zeit zu machen. Mehrmals musste ich eine Pause einlegen, weil mir die Stimme versagte, aber sowohl der Richter als auch der Staatsanwalt waren rücksichtsvoll. Der Verteidiger war um einiges unbequemer, denn er legte großen Wert darauf, den Hintergrund zu beleuchten und genau auf alles einzugehen, was *sie* gesagt und getan hatte. Ich hatte keine Zeit gehabt, mich gründlich mit ihm zu beraten, und er ging ohne Weiteres davon aus, ich wolle so viel Schuld wie möglich auf sie abwälzen.

Das wollte ich keineswegs. Ich wollte weder sie noch mich besser oder schlechter darstellen, als wir waren, und ich war darauf vorbereitet, die Strafe auf mich zu nehmen, die das Gericht über mich verhängen würde.

Zwei Sachverständige für das psychiatrische Gutachten wurden ernannt. Davor graute mir, doch die beiden Ärzte erwiesen sich als freundlich und verständnisvoll, und die Unterredungen mit ihnen waren mir eine willkommene Abwechslung zu dem eintönigen Leben in der Zelle. Ich glaube, ich habe viel von ihnen gelernt. Auf jeden Fall lernte ich mich selbst besser kennen, und ich glaube, danach verstand ich auch *sie* besser.

Das Gerichtsverfahren –

Der große Saal. Die braunen, ehrfurchtsgebietenden Wände und die hohen, gebogenen Fenster. Die vielen Menschen. Die Fotografen. Das gleichmäßige Papierrascheln.

Ich wusste sofort, dass hier niemals die Wahrheit – die wirkliche Wahrheit – über sie und mich herauskommen konnte. Hätte ich einen Mann auf der Straße niedergeschlagen und ihm die Geldbörse gestohlen, oder hätte ich in betrunkenem Zustand einen Menschen überfahren, dann hätte dieser ganze große Apparat die Tatsachen festgestellt und wahrscheinlich ein deutliches Bild der Ereignisse zeichnen können. Aber das Zusammenleben zweier Menschen, im Guten wie im Schlechten, lässt sich nicht rekonstruieren und auf den Gerichtstisch legen. Nicht einmal ich, der ihr am nächsten gestanden war, sah mich dazu in der Lage! Und selbst wenn ich dazu imstande gewesen wäre, hätte ich all das nicht in diesem großen Verhandlungssaal sagen können. Etwas sollte für alle Zeit nur eine Erinnerung zwischen ihr und mir bleiben.

Trotzdem beeindruckte es mich, wie viel im Laufe der Zeit aufgerollt wurde. Die äußeren Gegebenheiten wurden allesamt gewissenhaft vorgetragen, und ich könnte nicht mit Recht behaupten, es wäre mir Unrecht getan worden. Sogar der Staatsanwalt war nicht stur darauf aus, mich in ein schlechtes Licht zu rücken, sondern hatte ein offenes Ohr für die mildernden Umstände, die von den Sachverständigen vorgebracht wurden. Und die Geschworenen wirkten eher neugierig als feindselig.

Es war nur so, dass der ganze Fall zu einem großen Körper ohne Nervensystem wurde. Die Besessenheit, die mich schon bei ihrem ersten Anblick überfallen hatte, die Verzweiflung, als ich durch die Straßen geirrt war und nichts mehr verstanden hatte, weder sie noch mich selbst, die Angst, die durch jede Faser meines Körpers hindurchgeströmt war, als ich mich auf sie gestürzt hatte – das alles war weg. Zurückgeblieben waren eine unglückliche Ehe und ein Mann, der seine Frau umgebracht hatte.

»Bekennen Sie sich schuldig?«, fragte der Richter, nachdem er die Anklageschrift verlesen hatte.

144

»Ich bekenne, getan zu haben, was in der Anklageschrift steht, aber ich kann mich nicht schuldig bekennen, um bestraft zu werden.«

»Ehefrauenmörder bekennt sich nicht schuldig« stand in fett gedruckten Lettern über mehreren Spalten der Mittagsausgaben.

Ich las sorgfältig alle Berichte, erkannte den Fall aber kaum wieder. Kleinen Details, die dramatisiert wurden, wurde viel Platz gewidmet, während Wesentliches ausgelassen wurde. Über mich selbst las ich, ich sei elegant und unbeirrt zur Anklagebank getreten, hätte einen tadellosen blauen Anzug getragen und gut ausgesehen. Irgendwo stand, die besten Schneider der Stadt hätten den Automechaniker in einen »Löwen« verwandelt. Eine andere Zeitung stellte mich als Casanova dar und bot eine schmeichelhafte Beschreibung meines Gesichts, aber »etwas an dem spitzen Blick, den er hin und wieder um sich wirft, weist auf ein gefährliches Gemüt hin«.

Je weiter der Fall aufgerollt wurde, desto mehr konzentrierten die Zeitungen ihre Aufmerksamkeit auf *sie*. Sie brachten eine eingehende Darstellung ihres Lebens und hatten offensichtlich auch fleißig Klatsch und Tratsch außerhalb des Gerichtssaals gesammelt. Sie war eine schöne, egoistische und allesfressende Femme fatale geworden. Es war widerlich.

Mehrmals beklagte ich mich bei meinem Verteidiger über die Zeitungsberichte. Er zuckte nur mit den Schultern.

»So ist das nun einmal. Sie liefern ihnen gutes Material, solange der Fall noch läuft. Aber Sie können sich damit trösten, dass das, was in den Zeitungen steht, schnell vergessen ist.«

Die Zeitungsberichte waren die einzige Folter, der ich ausgesetzt war.

Es war nicht so einfach für mich, zu erklären, weshalb ich mich für nicht schuldig hielt, da ich doch die tatsächlichen Umstände gestanden hatte. Nicht einmal mir selbst hatte ich es erklären können. Laut Meinung der Sachverständigen war ich zum Tatzeitpunkt zurechnungsfähig und bei vollem Bewusstsein. Aber ich erinnere mich an nichts. Als sie mich mit der Nagelfeile getroffen hat, wurde alles schwarz. Nicht vor Schmerz, sondern weil es etwas in mir ausgelöst hat, dem ich nicht Herr war.

Gegen Ende meiner Aussage fragte mich der Richter, ob ich bereute, was ich getan hatte. Ich hatte das mit meinem Verteidiger besprochen, und er hatte mir eindringlich geraten, zu sagen, dass ich es bereute.

Ich blieb eine Weile stehen, fand die Worte nicht, und der Richter wiederholte die Frage:

»Bereuen Sie, Ihre Ehefrau getötet zu haben?«

»Ich wünschte, ich könnte es ungeschehen machen«, antwortete ich. »Aber ich glaube, es war unvermeidlich, und etwas, dem ich nicht Herr war, kann ich nicht bereuen.«

»Die Antwort hat Sie mindestens ein Jahr gekostet«, sagte mein Verteidiger danach.

Ich bekam fünf.

Mensch oder Monster?

Von Helene Flood

In meinen bald zwanzig Jahren hinter dem Steuer habe ich folgende Erfahrung gemacht: Wenn ein Auto vor mir sehr langsam fährt, ist der Fahrzeuglenker ein Schleicher, fahre ich aber selbst langsam, dann deshalb, weil ich eine Adresse suche. Mit dieser Denkweise bin ich nicht allein: Wir tendieren dazu, die Handlungen anderer mit ihrer Persönlichkeit zu erklären, wohingegen wir unser eigenes Handeln der Situation zuschreiben, in der wir uns gerade befinden. In der Psychologie wird dieses Phänomen *Fundamentaler Attributionsfehler* genannt. Besonders deutlich tritt diese Tendenz zutage, wenn wir dem Ganzen auch noch Schuld, Verantwortung und Moral beimengen. Viele werden einfach sagen, wer einen anderen Menschen umbringt, sei unmoralisch, ein Monster, aber für die Person selbst stellen sich die Dinge oft anders dar. Selbst diejenigen, die ihr Verbrechen gestehen, verwehren sich für gewöhnlich gegen Interpretationen, die ausschließlich eigene Fehler zum Inhalt haben, und werden auch nach anderen Ursachen suchen, die zu dem Vorfall geführt haben, um zu verstehen, wie das passieren konnte.

Der namenlose Erzähler in Arve Moens *Der Tod ist eine Liebkosung* hat eine schreckliche Untat begangen: Er hat seine Ehefrau ermordet. Jetzt erzählt er ihrer beider Geschichte, von der ersten Begegnung einige Jahre zuvor bis zu seiner Zeit im Gefängnis. Die Geschichte, in all ihrer Schlichtheit und Kürze, umspannt große Themen. Der Erzähler widersetzt sich einfacher Kategorisierungen seiner Person. Er gesteht den Mord, empfindet aber keine Schuld und schreibt, um zu verstehen. War das, was geschehen ist, seine Schuld oder ihre? Waren sie beide gleichermaßen schuld? Oder war es vorherbestimmt, etwas, das unweigerlich geschehen musste und deshalb weder ihm noch ihr angelastet werden kann?

Schuld entsteht gewöhnlich zusammen mit der Empfindung, dass wir jemandem wehgetan haben, sei es durch einen Unfall oder durch eine willentliche Handlung. Wer Schuld empfindet, befürchtet, seiner oder ihrer Beziehung zu anderen Menschen geschadet zu haben. Wenn ich einen von dir geliebten Gegenstand kaputtmache, fühle ich mich schuldig, weil du durch mich einen Verlust erleiden musstest und ich die Befürchtung habe, unsere Beziehung könnte dadurch Schaden genommen haben. Wer Schuld empfindet, wird sich normalerweise um Wiedergutmachung bemühen, zum Beispiel durch ein aufrichtiges Bitten um Verzeihung, durch Anbieten einer Entschädigung oder Buße. In der Art und Weise ist Schuld nützlich für die Gesellschaft: Wer anderen schadet, macht es wieder gut.

Schuld, so könnte man behaupten, erfordert ein Gefühl für die eigene Verantwortung. Wenn ich der Meinung bin, ich hätte mich nicht anders verhalten können und der von mir verursachte Schaden sei unvermeidlich gewesen, kann ich dann Schuld empfinden? Kann man von mir erwarten, dass ich einem Schaden vorbeuge, der auf unglückliche Umstände zurückzuführen ist, die sich meiner Kontrolle entziehen? Der namenlose Erzähler in Moens Roman begründet sein fehlendes Schuldempfinden mit der Unabwendbarkeit des Geschehenen. Seiner Ansicht nach war das Liebesverhältnis so destruktiv, die Unterschiede zwischen ihnen so groß und der Zusammenbruch ihrer Kommunikation (zeitweise) so total, dass die Katastrophe am Ende unausweichlich war. Er kann schlicht und ergreifend keine alternativen Handlungsmuster erkennen – oder zumindest keine, die zu einem anderen Ausgang geführt hätten. Er leugnet nicht die tatsächlichen Umstände, er gibt zu, die Tat begangen zu haben, und nimmt die Strafe auf sich, fühlt sich jedoch nicht dafür verantwortlich.

Es wäre verlockend, unsere Hauptfigur der Beschönigung seiner Tat zu verdächtigen. Das Buch ist in der ersten Person geschrieben; der Mörder selbst ist der Erzähler. Wir dürfen vermuten, dass seine Darstellung ein wenig großzügiger in eigener Sache ausfällt: Der Mord sei unvermeidbar gewesen, weil sie so verschieden waren, und zudem sei seine Ehefrau eifersüchtig, herablassend und störrisch gewesen. Der Erzähler sieht nur die Situation rund um die Tat und betrachtet sein Handeln als eine Reaktion auf die Umstände und das Handeln der Frau. Zwar zeigt er sich nicht unreflektiert und reuelos, und er entzieht sich auch nicht jeder Verantwortung, jedoch wird die Frau durchgehend als diejenige dargestellt, die den Konflikt befeuert. Trotzdem zögert er, alle Schuld einzig und allein ihr zuzuschreiben. Sowie er zu einer Schlussfolgerung kommt, neigt er zu der Meinung, keinen von ihnen beiden träfe eine Schuld – es habe so kommen müssen.

Besteht die Möglichkeit, dass er recht hat? Kann die Geschichte als eine vorherbestimmte Tragödie gelesen werden, bei der keiner von beiden sich anders hätte verhalten können? Stand ihre Liebe »unter einem schlechten Stern«, wie es bei Shakespeare heißt, waren sie dazu bestimmt, einander zu begegnen und dann zugrunde zu gehen? Erzählungen über Liebende, die aufgrund ihrer unmöglichen Liebe sterben müssen, werden gern als romantisch betrachtet. Während bei Shakespeare die Liebe von Romeo und Julia von einer Familienfehde herausgefordert wird, kommen die Liebenden bei Moen schlichtweg als Personen nicht überein. Aus Sicht unseres Erzählers ist eine Erklärung dafür im Klassenunterschied zu suchen. Seine Frau gehört einer weit wohlhabenderen Schicht an als er, und was Einkommen und Finanzen betrifft, hegen sie unterschiedliche Erwartungen. Die Geschlechternormen in Hinblick auf die Frage, wer in einer Ehe für den Lebensunterhalt zu sorgen habe, lassen die Streitigkeiten noch erbitterter ausfallen. Die Liebespartner reagieren unterschiedlich auf den Konflikt und werden in dessen Voranschreiten in einem destruktiven Muster aus Provokation und der jeweiligen Resonanz darauf auseinandergetrieben. Kann diese Geschichte deshalb als eine Tragödie über eine unmögliche Liebe gelesen werden? Und will der Erzähler sie so verstanden wissen?

Diese unglückliche Liebesgeschichte mag ein wenig Kontext vertragen. Wie eine 2013 unter anderem von Forschenden der London School of Hygiene and Tropical Medicine durchgeführte Studie herausfand, bei der wissenschaftliche Erkenntnisse aus vielen Ländern zusammengefasst wurden, wird etwa ein Drittel aller ermordeten Frauen von ihrem Partner getötet. Oft geht dem Mord Gewalt in der Beziehung voraus, und laut einer Schätzung der WHO aus dem Jahr 2002 erfahren zwischen 15 und 71 Prozent aller Frauen zu irgendeinem Zeitpunkt in ihrem Leben Gewalt von einem Lebenspartner. Gewalt gegen Frauen ist so verbreitet und zieht so große Folgen in Form gesundheitlicher Probleme und verlorener Lebensjahre nach sich, dass sie als Gefahr für die öffentliche Gesundheit angesehen wird. Ohne unterschlagen zu wollen, dass auch Frauen gewalttätig gegen männliche Partner handeln können und Gewalt in der Beziehung auch in gleichgeschlechtlichen Partnerschaften vorkommt, besteht wenig Zweifel daran, dass Frauen hier die größte Last tragen; gemäß einer 2014 am Norwegischen Forschungszentrum für Gewalt und traumatischen Stress durchgeführten Untersuchung ist jene Art der Gewalt in Beziehungen, die wenig ernste Folgen nach sich zieht, zwischen den Geschlechtern ziemlich gleich verteilt, wohingegen Frauen weit häufiger Opfer von Gewalt mit ernsthaften Folgen werden.

Der norwegische Psychologe Per Isdal arbeitet mit Männern, die sich gewalttätig gegen ihre Partnerinnen verhalten. Er beschäftigt sich mit der Frage nach der Bedeutung von Gewalt. Gewalt entsteht nicht im luftleeren Raum, sondern wird durch eine Situation ausgelöst. Zugleich hat der Gewaltausübende die volle Verantwortung – es gibt immer Alternativen zu Schlägen oder einem Mord. Isdal beschreibt, wie seine Klienten *externalisieren*, indem sie ihre Handlungen durch äußere Umstände erklären. Das ist eine effektive Strategie, um Schuld von sich zu weisen. Überträgt der Ausübende die Schuld auf das Opfer, ist sein Selbstbild geschützt – er ist kein Monster, sondern nur ein Mensch, der über seine Belastungsgrenze hinausgedrängt wurde. Mit einem solchen Selbstbild kann man leben. Wenn man jedoch keine Verantwortung für das eigene Tun übernimmt, wenn keinerlei Aufgeschlossenheit gegenüber alternativen Handlungsweisen vorhanden ist, besteht dann auch nur der geringste Ansatz für eine Veränderung?

In der Regel werden sowohl Geschichten über Monster als auch solche über Situationen, die zu Gewalt führen mussten, als Erklärungsmodelle unzureichend sein. In der Hoffnung auf Veränderung, sowohl in Hinblick auf Einzelpersonen als auch auf die Fähigkeit der Gesellschaft zur Gewaltprävention, werden wir zur Erklärung von Gewalt vermutlich beide Faktoren heranziehen müssen, persönliche ebenso wie situative, zugleich aber die Verantwortung eindeutig bei der Gewalt ausübenden Person verorten. Das wirklich Erschreckende in Moens Text ist die Verantwortungslosigkeit: Wenn unser Ich-Erzähler keine Verantwortung übernimmt, wird er dann wieder töten?

Doch der vielleicht unangenehmste Aspekt des Buches besteht darin, dass der junge Mann, der Erzähler, in vielerlei Hinsicht sympathisch ist. Er ist zwar temperamentvoll und nicht frei von schlechten Charaktereigenschaften, aber er ist auch kein Monster. Moen nimmt uns mit in die Gedankenwelt eines Mörders und lässt ihn uns als einen komplexen Menschen sehen: Er spielt seine Verantwortung herunter und weicht ihr aus, kämpft aber auch zeitweise mit Schuldgefühlen. Und es tut ihm auch aufrichtig leid. Er *vermisst* die von ihm Getötete. Er ist kompliziert und er ist menschlich. Es kann unangenehm sein, das Menschliche in denen zu sehen, die schreckliche Taten begangen haben. Sie Monster zu nennen, fällt uns oft leichter. *Der Tod ist eine Liebkosung* reißt uns heraus aus dieser Komfortzone, indem er uns in den Kopf des Mörders blicken lässt. Wenn wir wiedererkennen, was wir darin vorfinden, was sagt das über uns selbst?

ARVE MOEN (1912–1976) war Schriftsteller, Journalist, Kunsthistoriker, Politiker und Jurist. In jungen Jahren war er Mitglied der kommunistischen Gruppe Mot Dag. Vor dem Zweiten Weltkrieg arbeitete er als Gerichtsreferendar, nach 1945 als Kulturjournalist und -redakteur beim *Arbeiderbladet*. Außerdem war er Vorsitzender des literarischen Rats der Vereinigung norwegischer Schriftsteller sowie Mitglied des Stadtrats der Osloer Arbeiterpartei. Moen debütierte 1945 mit dem Erzählband *Sturm im Wasserglas* und brachte mehrere kunsthistorische Werke heraus, unter anderem über Edvard Munch.

Fredrik Österling
Maestro

Aus dem Schwedischen von
Charlotte Karlsson-Hager

Nachdem die Haut des Dirigenten Antoine
Malå ordentlich zusammengefaltet in der
Künstlergarderobe des Berwaldsaals gefunden wird, wird die bereits pensionierte und
darüber verbitterte ehemalige Chefin der staat-
lichen Mordkommission, Kerstin Armfeldt, mit
der Leitung der Untersuchung beauftragt. Das
Justizministerium stellt ihr den Komponisten
David Westerdahl zur Seite. Bald findet sich das ungewöhnliche Duo in
einer Welt aus Verrat, politischer Verschwörung, musikalischem Mysti-
zismus und brutaler Gewalt wieder.

Gebunden mit Schutzumschlag, 648 Seiten
ISBN: 978-3-99120-012-3

Natasha Korsakova
Di Bernardo

Rom. Ein grausamer Doppelmord hat sich neben der Basilica di San Giovanni in Laterano
ereignet. Alessandro Ferro, ein bekannter rö-
mischer Komponist, liegt tot in einer riesigen
Blutlache, eine Pistole in der Hand. Dagegen
scheint niemand die junge Frau zu kennen,
die nur wenige Meter entfernt von ihm er-
schossen wurde – mutmaßlich von Alessandro selbst.
Commissario Di Bernardo, der zusammen
mit seinem Ispettore Roberto Del Pino schon
Jahre zuvor in der illustren Musikwelt ermittelt hat, wird mit dem Fall
beauftragt.

Gebunden mit Schutzumschlag, 264 Seiten
ISBN: 978-3-99120-024-6

Emily Maguire
Ein Einzelfall

Aus dem Englischen von Roland Freisitzer

Nachdem ein grausamer Frauenmord die Kleinstadt Strathdee erschüttert, muss Chris, die Schwester der getöteten Bella, nicht nur mit dem Verlust zurechtkommen, sondern auch mit aufdringlichen Medien und misogynen Ermittlern. Gleichzeitig macht sich die Reporterin May auf den Weg nach Strathdee, um über den Fall zu berichten.
Aus diesem Spannungsfeld entwickelt Emily Maguire ein tiefgehendes Psychogramm einer Kleinstadt im Schockzustand. Der Roman der australischen Schriftstellerin ist mehr als eine Mordermittlung, er beschäftigt sich mit den Menschen, die in Krimis normalerweise auf der Strecke bleiben – den Hinterbliebenen.

Gebunden mit Schutzumschlag, 360 Seiten
ISBN: 978-3-99120-018-5

Pascal Garnier
Der Beifahrer

Aus dem Französischen von Felix Mayer

Obwohl Fabien und Sylvie längst wissen, dass ihre Ehe nicht mehr funktioniert, ist Fabien mitgenommen, als Sylvie bei einem Autounfall tödlich verunglückt. Schockiert ist er allerdings erst, als er herausfindet, dass am Beifahrersitz ihr Liebhaber starb. Gedanken an Rache machen sich in ihm breit, als er im Leichenschauhaus Martine, die attraktive Witwe des Liebhabers seiner Frau, sieht. Er beginnt sie zu stalken und findet heraus, wo sie wohnt, dringt in ihre Wohnung ein und stellt Möbel um, breitet sich unbemerkt in ihrem Leben aus. Dabei wird sein Wunsch, Martine zu besitzen, immer größer.

Gebunden, 144 Seiten
ISBN: 978-3-99120-026-0

SEPTIME
suspense

www.septime-verlag.at